KATHRIN HANKE

Als die Flut kam

KATHRIN HANKE

Als die Flut kam

Hamburg-Krimi

GMEINER

Immer informiert

Spannung pur – mit unserem Newsletter informieren wir Sie
regelmäßig über Wissenswertes aus unserer Bücherwelt.

Gefällt mir!

Facebook: @Gmeiner.Verlag
Instagram: @gmeinerverlag
Twitter: @GmeinerVerlag

Besuchen Sie uns im Internet:
www.gmeiner-verlag.de

© 2021 – Gmeiner-Verlag GmbH
Im Ehnried 5, 88605 Meßkirch
Telefon 0 75 75 / 20 95 - 0
info@gmeiner-verlag.de
Alle Rechte vorbehalten
1. Auflage 2021

Lektorat: Claudia Senghaas, Kirchardt
Umschlaggestaltung: U.O.R.G. Lutz Eberle, Stuttgart
unter Verwendung eines Fotos von: © Museum Elbinsel Wilhelmsburg e.V.
Druck: CPI books GmbH, Leck
Printed in Germany
ISBN 978-3-8392-0001-8

Personen und Handlung sind frei erfunden.
Ähnlichkeiten mit lebenden oder toten Personen
sind rein zufällig und nicht beabsichtigt.

»Anderen kannst du oft entfliehen, dir selbst nie.«

(Publilius Syrus)

PROLOG
APRIL 1945, VORMITTAGS

Er saß hinter dem Busch. Eigentlich hatte seine Mutter ihn und die Großen losgeschickt, Löwenzahn zu rupfen. »Husch, husch, raus mit euch. Sucht auf den Wiesen Löwenzahnblätter, damit wir mal wieder etwas Frisches zwischen die Zähne bekommen«, hatte sie gesagt und jedem von ihnen eine Blechschüssel in die Hand gedrückt. Seine Schwester Magda und sein Bruder Helmut waren sofort losgestürmt. Auch er war aus der kleinen Laube, in der sie lebten, hinausgegangen, aber nicht gelaufen. Die Großen ärgerten ihn sowieso nur, wenn die Eltern nicht dabei waren, und deshalb wollte er woanders nach Löwenzahn suchen und nicht gemeinsam mit Magda und Helmut. Er mochte seine Geschwister nicht. »Häng doch nicht immer an meinem Rockzipfel«, schnauzte Magda ihn immer an, wenn er ihr zu nahe kam, und Helmut nannte ihn ständig »Baby«. Dabei war er gar kein Baby mehr.

Er war schließlich schon ein Schulkind und machte schon lange nicht mehr in die Hose. Leider aber ins Bett. Nicht jede Nacht, doch irgendwie schon ziemlich häufig. Aber dafür konnte er doch nichts. Wie sollte man im Schlaf merken, wenn man mal musste? Er hatte keine Ahnung, wie die Großen das machten, da konnte er vor dem Schlafengehen noch so oft pinkeln gehen und nichts trinken. Natürlich wurden seine Geschwister, mit denen er sich ein Bett teilte und zwischen denen er lag, genauso wach wie er, wenn sich die Nässe, die aus ihm herauskam, auf der dünnen Matratze ausbreitete. Meistens riefen sie dann »Iiiih« und »Ist das eklig« und solche Sachen. Davon wurden dann die Eltern wach und schimpften. Doch die Schimpfe war nicht so schlimm wie das Schämen. Er wollte so gern groß sein und seiner Mutter, die dann schläfrig und vor sich hin murrend das Bett neu bezog und ihm etwas Neues zum Anziehen gab, nicht so viel zusätzliche Arbeit machen. Es klappte einfach nicht. Das nachts Einpinkeln passierte ihm immer wieder. Gerade gestern Abend hatte er deswegen versucht, nicht einzuschlafen, aber es hatte nicht funktioniert, und er und seine Geschwister waren mitten in der Nacht durch die Feuchtigkeit unter ihnen aufgewacht, die er verschuldet hatte. Wieder war das Geschrei groß gewesen. Dieses Mal war jedoch Vater aufgestanden, weil es Mutter nicht gut ging. Was sie hatte, wusste er nicht.

Vater hatte bestimmt, dass er selbst die Wäsche wechselte, während alle anderen zuschauten. Er hatte die Schlafmatte umdrehen und dann das frische Laken darüberlegen müssen. Wenn die Mutter das machte, ging das ganz schnell. Bei ihm hatte es eine Ewigkeit gedauert, obwohl er sich angestrengt hatte. Aber die Schlafmatte war schwer, und als er sie endlich umgedreht hatte, wollte das olle Laken sich einfach nicht glattziehen lassen. Magda meckerte darüber die ganze Zeit herum, bis Vater lospolterte, dass er seinen Schlaf bräuchte und keine Kinder, die nachts miteinander zankten. Die Mutter lag während alledem im Elternbett, schaute erschöpft zu und sagte gar nichts – wenn der Vater in solch einer Stimmung war, war das auch besser. Als sie endlich wieder alle in ihren Betten waren und Vater schnarchte, flüsterte Helmut in sein Ohr, dass er allen Kindern in der Kolonie erzählen würde, dass sein Bruder ein Bettnässer sei. Schon deswegen wollte er jetzt nicht mit seiner Schwester und dem Bruder zusammen Löwenzahn pflücken. Sie würden bestimmt auch andere Kinder treffen, und wenn Helmut denen erzählte, dass er noch ins Bett machte, würden sie alle über ihn lachen und das brachte ihn dann zum Weinen, was noch peinlicher war. Sowieso machten ihm die vielen anderen Kinder oft Angst. Sie waren laut und rangelten andauernd miteinander. Das mochte er nicht. Sein einziger Freund Peter, der mit seiner Familie neben ihnen wohnte, machte ihm niemals Angst. Im Gegenteil fühlte er sich an dessen Seite absolut sicher, denn Peter war sein Beschützer. Der zwei Jahre Ältere stellte sich sogar vor Helmut, wenn dieser ihn schubsen oder ihm noch Schlimmeres antun wollte. So viel Mut hätte er ebenfalls gern und er hoffte, wenn er größer war, würde er sich das auch trauen.

Er war nur wenige Schritte weit gekommen, als er das Mauzen gehört hatte. Er war neugierig stehen geblieben, um zu lauschen, woher das klägliche Rufen kam. Er liebte Tiere. Sie waren anders. Nicht so wie Menschen. Vor Tieren hatte er keine Angst. Noch nicht einmal vor Wespen, denn wenn man nicht zappelte, taten sie einem nichts. Tiere waren lieb, und sie mochten ihn.

Er erinnerte sich noch gut daran, als der Vater zu Weihnachten ihr letztes Kaninchen geschlachtet hatte. Er hatte geweint, und Helmut hatte ihn Memme genannt, aber er hatte nichts gegen die Tränen tun können. Das Kaninchen hatte ihm so unendlich leidgetan. Als es dann als Braten auf dem gedeckten Tisch gestanden hatte, hatte er es trotzdem gegessen – er hatte wie immer einfach großen Hunger gehabt – und das Fleisch hatte ihm sogar geschmeckt.

Noch heute meldete sich sein schlechtes Gewissen, wenn er an das Kaninchen dachte. Er hatte miterlebt, wie es groß geworden war, und oft mit ihm gespielt, es gestreichelt und gefüttert. Sein Vater hatte ihm gesagt, er sollte ihm keinen Namen geben, aber wenn er mit ihm allein gewesen war, hatte er es Muckel genannt. Muckel war zutraulich gewesen und ganz flauschig. Genauso wie das kleine Kätzchen, das er jetzt auf seinem Schoß hatte und streichelte. Es hatte hinter dem Busch gesessen, als es gemauzt und ihn dadurch auf sich aufmerksam gemacht hatte. Er war in die Hocke gegangen und hatte unter den Busch geguckt. Als er nichts entdecken konnte, es aber weiter mauzte, war er um den Busch herumgekrochen und hatte das schwarze Kätzchen mit den weißen Pfoten gefunden. Es war noch ganz klein und hatte sich bestimmt verlaufen und seine Mutter verloren. Hier gab es einige Katzen und immer wieder Katzenbabys. Seine Eltern fanden das gut, weil die Katzen Mäuse und Ratten wegfingen. Er fand das gut, weil er auf diese Weise oft ein Tier zum Streicheln fand. Manchmal redete er auch mit den Tieren und erzählte ihnen, wie gemein seine Geschwister und deren Freunde zu ihm waren. Jetzt fragte er sich, ob er die Mutter des Kätzchens suchen sollte. Nein, jetzt noch nicht, dachte er. Erst einmal wollte er noch eine Weile mit dem niedlichen Tier kuscheln. Das Kätzchen ließ sich das gern von ihm gefallen und schlief kurz darauf ein. Er wurde auch müde, musste bei dem Anblick des warmen, weichen Tiers gähnen und legte sich behutsam, damit Socke,

wie er das Kleine bereits für sich nannte, nicht aufwachte, ebenfalls auf den Boden, rollte sich ein und
schloss die Augen.

Gerumpel weckte ihn. Vielleicht war es auch das
Tröpfeln des Regens. Er wusste es nicht, und es war
auch gleichgültig, denn sofort fiel ihm der Löwenzahn
ein. Die Mutter würde sicher schimpfen, wenn er nicht
wenigstens ein paar Blätter mit nach Hause brachte –
hoffentlich hatte er nicht zu lang geschlafen. Socke war
mit ihm wach geworden und sah ihn erschrocken an.
Er beruhigte das Kätzchen durch streicheln, setzte es
in die neben ihm liegende Blechschüssel, nahm diese in
die Hand und stand auf. Das Gerumpel kam näher, und
gerade, als er hinter dem Busch hervortreten wollte,
sah er den Treck, der vorüberzog. Es war eine größere Gruppe von Menschen, die von einem Pferde-
wagen angeführt wurde. Sein Herz klopfte. Er fand es
spannend. Woher die Leute wohl dieses Mal kamen?
Schon öfter waren Flüchtlinge in ihre Kleingartensied-
lung gekommen, weil sie von ihrem Zuhause wegmachen mussten. Dass es »wegmachen« hieß wusste er,
denn eine der ersten Frauen, die hier mit ihren Kindern angekommen war, hatte das so zu Mutti gesagt.
Es waren meistens nur Frauen und Kinder. Manchmal auch alte Leute, aber keine Männer wie der Vater.
Die waren ja alle an der Front. Der Vater kämpfte nur
nicht mehr für das Vaterland, weil ihm ein Bein fehlte.

Das hatte ihm eine Mine genommen und deswegen war er zu ihnen zurück nach Hause geschickt worden. Manchmal hatte Vati seine Phantomschmerzen, dann ging es ihm sehr schlecht, aber Mutti sagte dann immer: »Dafür bist du bei uns und nicht tot.« In der Regel fühlte er sich aber gut, und wenn er seine Prothese abgenommen hatte, hüpfte Vati mitunter durch ihre ganze Laube und sang dabei. Und alles, ohne ein einziges Mal umzufallen.

Er vermutete, dass der Vater dafür viel geübt hatte. Darum hüpfte er selbst auch gelegentlich heimlich auf einem Bein den kleinen Sandweg am Ende der Siedlung auf und ab, um schon einmal zu trainieren. Vielleicht musste er ja ebenfalls irgendwann für Deutschland kämpfen. Dann wollte er aber lieber wie Vati ein Bein verlieren, damit er schnell wieder nach Hause käme. Ihm gruselte vor dem Krieg. Wenn die Bomber kamen, hatte er immer besonders Angst, wie schlimm musste es dann an der Front sein? Durch diese Bomber wohnten sie ja überhaupt erst in der Laube. Sie gehörte ihnen. Bevor sie im letzten Jahr eingezogen waren, hatten sie in der Kirchdorfer Straße gewohnt und die Laube als Garten genutzt, in dem sie Kartoffeln, Salat, Tomaten, Gurken und all so etwas anbauten. Dann war ihr Haus aber bei einem Bombenangriff zerstört worden, und sie waren in die kleine Hütte hier gezogen. Sie hatte kein Fundament, sondern stand auf Ziegelsteinen. Das war besser als auf Holzbohlen, die viele andere Lauben unter sich hatten, denn es war haltbarer, sagte Vati immer. Einige ihrer Wilhelmsburger Bekannten, die wie sie ausgebombt waren, aber keine Laube hatten, waren entweder in den Ley-Häusern oder sogar außerhalb von Hamburg untergebracht worden. Das hatte er mitbekommen. Die waren auch in solchen kleinen Trecks losgezogen. Wegen der Bomber hatte er neulich Mutti gefragt, ob sie nicht auch wegmachen könnten, aber die hatte nur gelacht und gemeint, dass es anderswo noch viel schlimmer sei und er mal dankbar sein sollte, dass sie wenigstens ihr eigenes Dach über dem Kopf hätten. Daran musste er denken, als jetzt der Flüchtlingstreck an ihm vorüberzog. Er wartete, bis die letzten Flüchtlinge mit ihren grauen Gesichtern an ihm vorbei waren, dann trat er hinter dem Busch hervor – er sollte jetzt unbedingt wenigstens ein paar Blätter Löwenzahn sammeln, damit Mutti nicht enttäuscht war. Außerdem wollte er sie und Vati fragen, ob sie das Kätzchen nicht behalten könnten. Das hatte er sich eben überlegt. Er wollte vorschlagen, dass er es großzog. Ganz allein. Das würden ihm die Eltern aber, falls überhaupt, nur erlauben, wenn sie gut gestimmt waren, und schon deshalb brauchte er den Löwenzahn. Plötzlich schoss ihm ein Gedanke durch den Kopf: Über Kohle würden sie sich noch mehr freuen als über die Blätter für den Salat und dann sicher einwilligen, dass er Socke behalten durfte. Au ja, das war eine gute Idee! Eine, die ihm jedoch auch Angst einjagte, denn Kohle musste er klauen. Sein Freund Peter machte das manchmal für seine Familie – und er wusste, wo Peter das tat. Es war eine versteckte Stelle bei den Bahngleisen, die sein Freund irgendwann einmal beim Spielen entdeckt hatte. Bisher war er selbst nur einmal da gewesen. Er hatte Wache gehalten, und Peter hatte ein paar der Kohlen in einen Beutel geklaubt. Als er gefragt hatte, wem die Kohle gehörte, hatte Peter mit den Schultern gezuckt und gemeint: »Das ist doch egal.«

»Aber das ist doch Diebstahl«, hatte er gesagt. Peter hatte ihn angelacht: »Natürlich ist das Diebstahl. Aber der, der die Kohle hier versteckt, ist bestimmt auch ein Dieb. Warum sollte sie sonst hier liegen und nicht in einem Bahnschuppen?«

Er hatte das logisch gefunden und fand das auch jetzt noch. Eigentlich war er dann kein richtiger Dieb mehr, denn die Kohlen, von denen er sich ein paar nehmen wollte, waren ja schon gestohlen. Trotzdem bummerte sein Herz schon bei dem bloßen Gedanken an seinen Plan doller als sonst. Er gab sich einen Ruck und wandte sich in die entgegengesetzte Richtung, in die der Treck unterwegs war, und da sah er sie zum ersten Mal.

Sie saß nur ein paar Meter von ihm entfernt mit

hochgezogenen Knien mitten auf dem Schotterweg. Sie hatte ihre Beine mit den Armen umschlungen und ihren Kopf auf die Knie gebettet. In ihren zusammengelegten Händen hielt sie einen Zettel. Ihr Körper erzitterte in regelmäßigen Abständen, und obwohl er nichts hörte, wusste er, dass das Mädchen weinte. Es hatte hellblonde Locken, die nicht zu Zöpfen gebunden waren, sondern wild vom Kopf abstanden. Bei dem Anblick musste er sofort an Springkraut denken, dessen Früchte er so gern aufplatzen ließ. Das Gesicht des Mädchens konnte er nicht sehen, und dennoch wusste er, dass er es nicht kannte. Solche Haare hatte er noch nie gesehen. Es musste zum Treck gehören, aber weswegen war es nicht bei seinen Leuten? War es verlorengegangen? So wie wahrscheinlich Socke? Er blickte in die Richtung, in die der Treck gezogen war, doch von dort kam niemand zurück. Überhaupt war der Weg inzwischen leer bis auf das Mädchen, ihn und Socke.

Er setzte sich in Gang und kam dem Mädchen Schritt für Schritt näher. Die Kiesel knirschten unter seinen Schuhen, die seinem Bruder zu klein und ihm noch zu groß waren, aber er hatte keine anderen. Eigentlich müsste die Kleine ihn schon wegen des Knirschens hören, aber sie blieb in ihrer Haltung. Und das tat sie auch, als er jetzt an sie herangetreten und vor ihr stehen geblieben war. Er überlegte, was er sagen sollte, während er sie von oben betrachtete. Sie hatte keine Schuhe an, nur dicke Wollstrümpfe, die schon ziemlich löchrig waren. Eben hatte es nur leicht genieselt, jetzt nahm der Regen zu, und er stellte sich vor, wie sie mit ihren löchrigen Strümpfen durch die kalten Pfützen patschte. Sie tat ihm leid. Vielleicht weinte sie ja auch deswegen.

»Warum weinst du?«, fragte er.

Sie sah nicht zu ihm hoch und sagte auch nichts. Aber er wusste, dass sie ihn gehört hatte, denn ihr Körper hörte auf zu beben. Sie weinte nicht mehr.

»Ich bin Johannes, und du?«, versuchte er es weiter, bekam aber wieder keine Antwort. Dann fiel ihm etwas ein. Er nahm das Kätzchen aus der Blechschüssel, die er daraufhin auf den Boden stellte, und setzte sich kurzerhand neben die Kleine. Das Kätzchen platzierte er direkt vor ihren Füßen und sagte dabei: »Und das ist Socke.«

Gerade, als er dachte, sie würde auch darauf nicht reagieren, hörte er sie leise fragen: »Wer ist Socke?« Sie hatte dabei noch immer ihren Kopf zwischen den Knien vergraben, und deswegen nahm er Socke jetzt wieder hoch und hielt das Kätzchen an ihre Hände, die nach wie vor die Beine und den Zettel umklammerten.

»Mein Kater«, sagte er daraufhin nicht ohne einen gewissen Stolz in der Stimme. Dann fiel ihm ein, dass das nicht ganz der Wahrheit entsprach, schließlich hatten die Eltern ihm noch nicht erlaubt, Socke zu behalten. Außerdem wusste er gar nicht, ob Socke ein Junge oder ein Mädchen war. Ihn beschlich ein schlechtes Gewissen, das traurige Mädchen belogen zu haben, doch das war wie weggeblasen, als sie jetzt ihre Hände von den Beinen löste, ihm noch immer ohne aufzublicken den Zettel reichte, den er nahm, und Socke dann befühlte. Johannes sah fasziniert dabei zu, wie sie Socke hochnahm und gleichzeitig ihren Kopf von den Knien hob, sodass sie das Kätzchen betrachten konnte. Ihr Gesicht war schmutzig und von feinen, sauberen Linien durchzogen, die die Tränen hinterlassen hatten. Dann richtete sie die Augen plötzlich auf ihn. An diesen Moment sollte er sich sein ganzes weiteres Leben erinnern. Ihre Augen waren groß, rund und von einem tiefen Blau. Er selbst hatte braune Augen, aber natürlich kannte er viele Leute mit blauen, doch solche wie ihre hatte er noch nie zuvor gesehen. Sie waren blau wie Tinte und noch schöner als ihre Haare.

»Ich bin Anneliese, aber Muttel sagt Anne«, meinte sie, während sie ihn musterte.

»Anne«, wiederholte er, als müsse er erst lernen, den Namen richtig auszusprechen. Noch einmal sagte er »Anne«, dann fragte er: »Wo ist deine Familie?«

Kaum hatte er die Frage gestellt, schossen Tränen in Annelieses Augen. In diesem Moment tat sie ihm so sehr leid, dass auch ihm fast die Tränen kamen, er konnte sie gerade noch herunterschlucken. Er fragte sich, was er machen könnte, um sie zu trösten. War ihre Familie tot? Er richtete seinen Blick auf den Zettel in seiner Hand. Er konnte noch nicht lesen, aber er hatte so einen schon einmal gesehen, und der Vater hatte ihm erklärt, um was für einen es sich handelte. Es war ein wichtiges Dokument, das alle Flüchtlings- und Vertriebenenfamilien bei sich führen mussten, wenn sie in ihre neue Heimat kamen: Es war ein Zuweisungsschein, auf dem stand, wer sie waren und wo sie sich ansiedeln sollten. Da Anne den Zettel bei sich trug, war er sich jetzt fast sicher, dass ihre Familie tot und sie ganz allein unterwegs war.

Ihm fiel nichts Besseres ein, als sie in die Arme zu nehmen, so wie Mutti es tat, wenn er sich verletzt hatte. Sie wiegte ihn dann auch immer hin und her. Das machte er jetzt ebenso mit Anneliese, begleitet von den Worten, die seine Mutter dabei sagte: »Pscht, pscht, alles wird gut.« Und dann setzte er noch das hinzu, was er in diesem Moment fühlte: »Ich werde immer für dich da sein und dich beschützen.«

»Schenken, um Freude zu machen, ist immer etwas Gutes, ist etwas, was den Menschen ehrt. Es ist ein Zeichen der Liebe. Die Liebe aber ist im Grund doch die Kraft und die Macht, die allein das Leben lebenswert machen kann.«

(Konrad Adenauer, aus: Weihnachtsansprache 1961)

KAPITEL 1
HEILIGABEND 1961

»Danke«, sagte Johannes. Mehr brachte er nicht heraus. Er hatte gerade vor aller Augen Annes Weihnachtsgeschenk für ihn ausgepackt und war überwältigt. Nicht nur, weil es für Annes Verhältnisse sicherlich recht teuer gewesen war, sondern ebenso, da es eine echte Überraschung für ihn war und sie sich Gedanken darüber gemacht hatte, ihm eine außergewöhnliche Freude zu machen. Die Familie Becker feierte jedes Jahr den Heiligen Abend mit Anne und ihrer Mutter Gertrud. Es war eine schöne Tradition, doch niemand von Johannes' Familie erwartete im Gegenzug Geschenke von den beiden, die finanziell nicht gut gestellt waren. Dennoch legten Mutter und Tochter jedes Jahr eine kleine Aufmerksamkeit für alle auf den Gabentisch – meist eine große Schachtel Pralinen oder eine andere Süßigkeit. Heute hatten die beiden Kretschmar-Frauen ihre Gastfamilie mit einer großen Dose Quality Street beschenkt, über die sich Johannes' Vater gleich hergemacht hatte. Dieter Becker liebte vor allem die weichen Karamellstangen und hatte sie sich alle rausgesucht. Für Johannes hatte Anne immer schon ein Extrageschenk dabei. Früher waren es selbst gemalte Bilder gewesen, später dann Bücher. Ein solch wertvolles Geschenk wie heute hatte es noch nie gegeben.

Von seinen Eltern hatte er wie jedes Jahr ein paar selbst gestrickte Socken und ein Buch bekommen. Von seinen Geschwistern nichts – sie hatten ihn noch nie beschenkt, obwohl er sie in den letzten Jahren, seit er eigenes Geld verdiente, stets mit einer Kleinigkeit bedacht hatte. Dabei würden sie es sich leisten können. Magda hatte gut geheiratet – ihr Mann Rainer war, wie er selbst, bei der Bank angestellt – und sein Bruder Helmut arbeitete beim Norddeutschen Rundfunk als Techniker. Anne hingegen hatte nicht viel Geld zur Verfügung. Mit ihrem Sekretärinnengehalt konnte sie keine großen Sprünge machen, zumal sie ihre Mutter noch mit durchfüttern und deren regelmäßigen Arztrechnungen begleichen musste. Die beiden lebten nach wie vor in einer der Lauben in der Kolonie, in der sie vor über 15 Jahren am Ende ihrer Flucht aus Schlesien angekommen waren und Johannes Anne auf dem Weg gefunden hatte – sie waren bisher nicht umgezogen, da die Pacht für die Laube, die sie jährlich an die Stadt zahlten, so niedrig war. Gertrud, Annes Mutter, war damals, kurz bevor der Flüchtlingstreck in der Laubenkolonie angekommen war, zusammengebrochen. Sie hatten sie ein paar Kilometer entfernt in einer Böschung am Deich gefunden – halb verhungert, halb erfroren und halb tot. Annes Mutter hatte sich davon nie wieder ganz erholt. Sie war sowieso eine zierliche Frau, doch seit diesem Tag war sie immer kränklich gewesen, sodass sie kaum einer Arbeit nachgehen konnte. Als Anne noch klein gewesen war, hatte Gertrud Kretschmar sich und ihre Tochter über die Runden gebracht, indem sie für die Frauen der Kolonie nähte. Als gelernte Schneiderin konnte sie aus alten Stoffen die wunderbarsten Kleider, Anzüge oder Hemden zaubern. Genauso besserte sie alte Kleidung aus oder machte sie enger, damit ein Geschwisterkind die abgelegten Sachen der großen Schwester oder des großen Bruders tragen konnte, ohne auszusehen, als wäre es ein Clown. Für Johannes und seine Familie hatte Gertrud Kretschmar allerdings stets ohne Bezahlung genäht. Sie hatte sie abgelehnt. Aus Dankbarkeit. Johannes und seine Eltern hatten sie damals im April 1945 nicht nur todkrank von der Böschung beim Deich gezogen, sondern sie und Anne trotz der ohnehin schon beengten Laube auch bei sich aufgenommen und gepflegt, bis sie einigermaßen genesen war. Ganze vier Monate hatte die kleine Anne auf diese Weise bei Johannes' Familie gewohnt – es war die schönste Zeit in seinem Leben gewesen.

»Danke«, sagte Johannes jetzt ein weiteres Mal und betrachtete dabei noch immer gerührt die Uhr in seiner Hand. Es war eine Seiko und gerade, als er sie sich nun um sein Handgelenk legen wollte, sagte Magda: »Zeig mal!«, und streckte ihm fordernd ihre offene Handfläche entgegen. Eigentlich wollte Johannes ihr die Uhr nicht geben. Es widerstrebte ihm, dass seine Schwester die Uhr auch nur berührte, dennoch legte er sie ihr wortlos in die Hand. Dann erst suchte er den Blick von Anne, die ihre Augen ebenfalls auf ihn gerichtet hatte und ihn erfreut, dass ihr Geschenk gelungen war, anlächelte. Johannes lächelte zaghaft zurück. Sein Herz klopfte dabei spürbar, und er hatte einen Kloß im Hals. Heute würde er es ihr sagen, doch dazu mussten sie allein sein.

Johannes war aufgeregt, so wie bereits seit Tagen, nachdem er den Entschluss gefasst hatte. Unter dem Weihnachtsbaum hatte Anne bereits ein Geschenk von ihm gefunden, ein Buch. *Das Phantom der Oper* von Gaston Leroux. Er hatte es selbst vor einigen Monaten gelesen, und die Geschichte hatte ihn berührt, denn auch er kam sich manchmal wie das Phantom in Annes Leben vor. Er war zwar nicht entstellt und lebte nicht verborgen vor allen Menschen, dennoch verglich er sein Leben mit dem von Eric, wie Leroux das Phantom der Oper genannt hatte, denn auch er war unglücklich verliebt und hatte sich bisher der Frau seines Herzens nicht geöffnet. Das wollte Johannes heute ändern, und dafür hatte er eine weitere Gabe im Schrank in seinem Zimmer versteckt, die seine Worte bekräftigen würde. Er musste nur noch auf die passende Gelegenheit warten, bis er es ihr unter vier Augen überreichen konnte.

*

Wenn sie jetzt nicht gleich aufstehen und ins Bad gehen würde, würde sie sich hier am Tisch übergeben. Die Übelkeit war plötzlich gekommen. Sie kannte das schon seit einigen Tagen und wusste deswegen, dass sie dringend aufstehen und sich erleichtern sollte, wenn sie nicht wollte, dass es ihr hier vor aller Augen am Weihnachtstisch hochkam. Denn den Reflex zu unterdrücken, ging meist nicht.

»Anne, was ist mit dir, du bist ja plötzlich ganz blass«, bemerkte Magda nun auch. Es klang nicht besorgt, eher spitz. Magda hatte Anne noch nie besonders gemocht und hatte sie das immer schon spüren lassen. Als sie noch Kinder waren, hatte Magda sie oft geschubst, getreten, gepufft, gebissen oder auch bei den Erwachsenen für Dinge verpetzt, die Anne gar nicht getan hatte. Anne hatte das meist über sich ergehen lassen, und auch jetzt noch, als Erwachsene, nahm sie Magdas Sticheleien einfach hin. Sie hatte schlicht keine Lust auf zwischenmenschlichen Kleinkrieg. Im Grunde tat ihr Magda leid, und wahrscheinlich hatte sie diese Regung schon gehabt, als sie alle noch Kinder gewesen waren, nur nicht benennen können. Als Kind hatte sie auch nicht recht verstanden, warum Magda sie ständig piesackte. Heute wusste sie, dass es auf Eifersucht beruhte, und sie konnte es sogar nachvollziehen. Anne und ihre Mutter waren damals in die Familie Becker hereingeplatzt, als wären sie vom Himmel gefallen, und hatten sofort die Aufmerksamkeit aller auf sich gezogen. Nicht nur, weil Muttel schwerkrank gewesen war und Renate Becker sich so selbstverständlich um sie gekümmert hatte, obwohl sie selbst damals unter einer heftigen, langwierigen Bronchitis gelitten hatte. Sie waren vor allem in der Familie aufgenommen worden, als wäre es ihre eigene, und das hatte Magda nicht gepasst. Renate Becker war für Anne wie eine zweite Mutter, Helmut hatte sich sofort als großer Bruder aufgeführt und tat dies auch heute noch, und Johannes war vom ersten Tag an ihr engster Vertrauter gewesen. Aus diesem Grund überkam sie auch jetzt wieder ein schlechtes Gewissen, sich ihm nicht wie sonst sofort mitgeteilt zu haben, doch dies wurde umgehend von der Übelkeit überlagert. Es nutzte nichts, sie musste ins Bad. Jetzt.

*

Johannes konnte schon seit einigen Minuten der Unterhaltung am Weihnachtstisch nicht mehr folgen. Von dem Moment an, seit sie so abrupt vom Tisch aufgestanden und schnellen Schrittes das Esszimmer verlassen hatte, fragte er sich, was Anne hatte. Als seine Mutter und Magda dann das Dessert aufgetragen hatten – Rote Grütze mit Vanillesoße – und Magda laut durch die Diele gerufen hatte: »Anne, was machst du so lange im Bad? Bist du da drinnen eingeschlafen? Es gibt jetzt Nachtisch«, hatte Johannes ernsthaft angefangen, sich zu sorgen, denn Anne war nicht gekommen. Sie hatte auch keine Antwort gegeben. Bis jetzt hatte sich nichts im Bad geregt, soweit er es durch die dicken Holztüren, das Besteckgeklapper und das Stimmengewirr, das am Tisch herrschte, hatte hören können. Kurzentschlossen stand Johannes deswegen jetzt auf, murmelte in die Runde: »Ich geh mal nach Anne schauen«, trat in die lange Diele, von der alle Räume der Wohnung abgingen, und blieb vor der Badezimmertür stehen. Zaghaft klopfte er an und fragte gegen das weißlackierte Holz vor sich: »Anne? Geht es dir gut?«

Er wartete einen Moment, und als keine Antwort kam, sagte er noch einmal gegen die geschlossene Tür: »Anne? Ich komm jetzt rein.«

Er runzelte seine Stirn. Was war nur mit Anne? Solch ein Verhalten kannte er von ihr nicht. Ihn beschlich ein merkwürdiges Gefühl, das er selbst nicht hätte konkret beschreiben können. Irgendwie war es eine Mischung aus Sorge und Verwunderung. Anne war immer fröhlich, und vor allem versuchte sie nie, besonders aufzufallen. Denn genau das tat sie jetzt durch ihre lange Abwesenheit von der Festtafel. Und auch falls sie etwas mit dem Magen oder Darm hätte, könnte sie doch wenigstens durch die Tür antworten.

Johannes drückte langsam die Klinke hinunter. Dabei hielt er den Atem an. Seine Gefühle rangen miteinander. Es widerstrebte ihm, im Bad nach Anne zu schauen – das Badezimmer war für ihn einer der intimsten Orte. Darum hatte er sich auch so aufgeregt, als seine Mutter unlängst den Badezimmerschlüssel verlegt hatte. »Verlegt«, hatte sie gesagt und dabei entschuldigend mit den Schultern gezuckt. Er hatte gewusst, dass sie nur so tat, denn ihre Augen hatten sie Lügen gestraft. Johannes vermutete, dass sie den Schlüssel absichtlich hatte verschwinden lassen, weil Vati es sich in den letzten Monaten zur Angewohnheit gemacht hatte, mit der Zeitung unter dem Arm ins Bad zu gehen und es stundenlang zu besetzen. Mutti hatte das fuchsig gemacht.

Nicht nur, da sie dann selbst nicht ins Bad konnte, sondern vor allem, weil es jedes Mal nach so einer »Sitzung« des Vaters im Bad verdächtig nach Zigarrenqualm roch. Da der Arzt ihm das Rauchen streng untersagt hatte und Mutti den Qualm sowieso nicht in der Wohnung mochte, hatte Vati anscheinend keine andere Lösung als das Badezimmer gefunden. Mit seiner Gehbehinderung durch das amputierte Bein vermied er jeden Gang aus dem dritten Stock, in dem ihre Wohnung lag, nach unten auf die Straße. Und wenn er den Balkon zum Schmöken nutzen würde, würde die Mutter schimpfen wegen des Arztes. Das tat sie natürlich auch, seit sie den Badezimmerschlüssel »verlegt« hatte. Mindestens dreimal die Woche verzog der Vater sich nach wie vor ins Bad, doch dann machte Mutti einfach die Tür auf und unterbrach seine Sitzung, indem sie ihm die Zigarre abnahm.

Trotz seines Widerstrebens öffnete Johannes jetzt die Badezimmertür. Er musste einfach wissen, was mit Anne war. Vielleicht war sie ohnmächtig geworden? Er war auf alles gefasst. Als er nun in den beige-braun gekachelten Raum blickte, stutzte er jedoch überrascht. Der Raum war leer. Keine Anne. Dafür roch es nach Erbrochenem. Verwundert blickte Johannes umher, obwohl das Bad quadratisch war und es keine Versteckmöglichkeit gab. Er sah sogar zu dem kleinen Fenster hoch. Es stand auf Kipp. Doch selbst wenn es komplett offen gestanden hätte, hätte noch nicht einmal die gertenschlanke Anne hindurchgepasst. Darüber hinaus lag die Wohnung nicht im Erdgeschoss, und wieso hätte sie in dieser Höhe aus dem Fenster klettern sollen? Das wäre Quatsch. Johannes runzelte seine Stirn. Er konnte sich so gar keinen Reim auf die Leere des Raumes machen und dachte, während er die Tür sachte wieder zuzog, dass es in diesem Moment in seinem Kopf genauso leer aussehen musste. Was war hier los? Wo war Anne? Anscheinend war sie krank, zumindest dem Geruch im Bad nach zu urteilen, der trotz des gekippten Fensters noch im Raum gehangen hatte.

Nicht wissend, was er denken sollte, wandte er sich von der Tür ab und wollte gerade seine Schritte zurück zur Weihnachtsgesellschaft lenken, als er es sich anders überlegte. Vielleicht war Anne einfach aus der Beckerschen Wohnung zur Haustür heraus verschwunden. Konnte es sein, dass sie nur vorgegeben hatte, ins Bad zu müssen? Aber warum? Johannes sah zur Garderobe hinüber. Annes Mantel hing dort nach wie vor. Dann hatte sie sicher nicht die Wohnung verlassen, denn ohne sich etwas überzuziehen, wäre sie wohl kaum hinausgegangen – draußen herrschten frostige Minusgrade bei leichter Bewölkung und ein bisschen Schneefall. Und wieso sollte Anne überhaupt die Wohnung einfach so klammheimlich verlassen? So etwas würde sie niemals tun. Andererseits war das gerade alles sehr merkwürdig und passte nicht zu ihr. Und: Wo war sie dann? Johannes fiel nur eine weitere Möglichkeit ein, und er musste bei dem Gedanken daran lächeln. Natürlich! Warum war er bloß nicht gleich darauf gekommen? Seine Schritte führten ihn jetzt zu seiner eigenen Zimmertür. Im Gegensatz zu seinen beiden Geschwistern lebte er noch bei seinen Eltern. Er hatte bisher einfach keinen Grund gesehen auszuziehen. Natürlich gab er von seinem Verdienst etwas zu Hause ab. Dafür machte seine Mutter sein Zimmer, wusch seine Wäsche, bügelte seine Hemden, die er in der Bank trug und täglich wechselte, und immer gab es abends etwas Warmes für ihn zu essen. Es war halt wie eh und je, und doch fand er es richtig, dass er für die Arbeit, die seine Mutter mit ihm hatte, etwas bezahlte, da er jetzt in der Lage dazu war. Seine Eltern hatten ihn nie darum gebeten, doch sie hatten auch nicht nein gesagt, als er von sich aus einen Schein von seinem ersten Gehalt auf den Küchentisch gelegt hatte. Die beiden bezogen inzwischen nur noch Rente, und er konnte es sich leisten. Ohnehin brauchte Johannes nicht viel Geld. Er ging selten aus. Er machte sich einfach nichts daraus, und wie seine wenigen Freunde abends eine Frau kennenlernen, wollte er auch nicht. Brauchte er nicht. Sein Herz war bereits seit Langem vergeben.

Als Johannes jetzt vor der Tür stand, hielt er es für angebracht anzuklopfen, obwohl es sich um die Tür zu seinem eigenen Zimmer handelte. Aber wenn Anne tatsächlich hier drinnen war, dann wollte sie sicher ungestört sein. Dreimal kurz hintereinander klopfte er mit seinem gekrümmten Zeigefinger. Dann wartete er wie bereits eben vor dem Bad. Auch jetzt kam nichts von der anderen Seite. Hatte er sich doch geirrt? Aber wo könnte Anne sonst in der nicht unbedingt riesigen Wohnung stecken? Gerade, als er die Klinke herunterdrücken wollte, um nachzusehen, bewegte diese sich unter seiner Hand, und einen Sekundenbruchteil später öffnete sich die Tür einen Spalt. Johannes sah sich Anne gegenüber und brachte erst einmal keinen Ton heraus. Sie war leichenblass, und unter ihren Augen hatten sich schwarze Ränder gebildet. Ihr hochgestecktes blondes Haar war zerzaust.

»Entschuldige, dass ich in dein Zimmer gegangen bin. Ich musste mich einen Moment hinlegen, und da dachte ich …«, sagte Anne mit leiser Stimme, brachte ihren Satz jedoch nicht zu Ende, sondern machte stattdessen einen Schritt von der Tür zurück und ging wieder in den Raum hinein. Johannes trat seinerseits in das Zimmer und zog die Tür hinter sich zu. Erst dann fragte er schnell hintereinander: »Was hast du? Hast du geweint? Geht es dir nicht gut? Bist du krank? Kann ich irgendetwas für dich tun?«

Während Anne sich auf sein Bett setzte – eine andere Sitzgelegenheit gab es nicht – schüttelte sie den Kopf und lächelte ihn an. Es wirkte schüchtern auf ihn, denn normalerweise grinste sie breit über das ganze Gesicht, und ihre Augen fingen dann jedes Mal an zu strahlen, sodass er an den Nordstern denken musste. Jetzt fühlte er sich eher an das kleine verzweifelte Mädchen erinnert, das er vor etlichen Jahren auf dem Schotterweg getröstet hatte. Auch damals hatte sie ihn erst aus ihren blauen Augen angesehen und dann ihren Mund zu einem kleinen, zaghaften Lächeln verzogen, als er ihr gesagt hatte, dass er sich um sie kümmern würde und sie sich keine Sorgen mehr machen müsse. Bis heute hatte er sein Versprechen halten können. Ob er es diesmal wieder schaffte? Johannes hatte Anne, seit sie Kinder gewesen waren, nicht mehr als so verletzlich empfunden. Natürlich hatte sie im Laufe der Jahre hin und wieder Sorgen gehabt, doch sie war eine Frohnatur, sah das Glas eher als halb voll als halb leer, und vor allem hatte sie stets mit ihm geredet, und meist war ihr bereits im Gespräch eine Lösung eingefallen. Selbst von ihren ständigen Geldsorgen, die eng verzahnt waren mit der schlechten Gesundheit ihrer Mutter und den daraus resultierenden Arztrechnungen, die nicht immer die Krankenkasse zahlte, ließ sie sich nicht ins Bockshorn jagen.

»Nein, du kannst nichts für mich tun«, antwortete Anne ihm, »außer das, was du immer für mich tust: Sei für mich da. Als mein bester Freund.«

Johannes nickte und machte einen Schritt auf die Freundin zu, um sich neben sie zu setzen, dann fiel ihm jedoch etwas ein. Vielleicht war jetzt der richtige Zeitpunkt? Immerhin hatte sie ihm eben zu verstehen gegeben, dass sie ihn brauchte, und genau das wollte er besiegeln. Er hatte es schließlich sowieso für heute vorgehabt, und nun erschien ihm die Gelegenheit günstig. Er steuerte auf seinen Schrank zu, öffnete ihn und steckte seine Hand in das Regalfach, in dem seine Unterhemden lagen. Sein Geschenk für Anne lag hinter den Hemden. Er fühlte ein bisschen mit seiner Hand herum, und dann spürte er die kleine Schatulle. Er umschloss sie und zog seine Hand wieder hervor. Er hatte dieses Versteck gewählt, da Mutter hier nur selten drangen. Bügelwäsche legte oder hängte sie in der Regel direkt in den Schrank. Die anderen Dinge, wozu auch die Unterhemden gehörten, legte sie nach dem Trocknen nur zusammen und auf sein Bett. Er sortierte es dann in seinen Schrank ein.

Mit der kleinen Schatulle in seiner Faust ging er jetzt zu Anne und setzte sich neben sie. Eine Weile schwiegen sie einfach. Es war keine unangenehme Stille, die dadurch im Raum entstand, sondern eher eine des Vertraut-Seins. Fast wirkte es auf Johannes, als hätte sich sein Zimmer in der Wohnung seiner Eltern zu einer kleinen Festung entwickelt, die ihn und Anne fürsorglich vor allem schützte. Anne schien es genauso zu empfinden, denn sie lehnte ihren Kopf an seine Schulter. Johannes genoss das Gefühl dieser einmütigen Zweisamkeit. Das tat er immer, wenn es dazu kam, und in der Regel regte er sich dann nicht, aus Furcht, den Moment durch eine Bewegung zu beenden. Jetzt jedoch legte er vorsichtig seinen Arm um Anne und zog sie ein kleines bisschen fester an sich. Er konnte sein Glück kaum fassen, denn Anne machte sich nicht von ihm los, sondern drückte sich im Gegenteil noch enger an ihn und meinte: »Ach, Johannes, wenn ich dich nicht hätte.«

Sein Herz machte einen Freudensprung, und er musste sich zusammenreißen, dass ihm kein begeisterter Seufzer entfuhr. Tatsächlich schien heute der richtige Tag zu sein, und er war heilfroh, dass er eben noch seine Gabe für sie aus dem Schrank hervorgeholt hatte. So musste er jetzt nicht aufstehen und die liebevolle Stimmung zwischen ihnen unterbrechen. Mit seiner freien Hand nestelte er in seiner Hosentasche herum, während er mit belegter Stimme sagte: »Du weißt, dass ich immer für dich da bin.«

»Ja«, hauchte sie gegen seine Brust, und genau dieses Hauchen bestätigte Johannes darin, die Schatulle in seiner Tasche mit der Faust zu umfassen. Sein Herz klopfte wild, und er räusperte sich, bevor er sagte: »Anne, ich möchte dich etwas fragen, aber vorher muss ich dir etwas sagen …«

»Ich dir auch«, unterbrach Anne ihn und setzte sich aufrecht, sodass sie nicht mehr in seinem Arm lag, sondern ihn nun direkt anschaute. Sie suchte seinen Blick, und er musste abermals schlucken. Konnte es sein, dass Anne ihm zuvorkommen wollte? War sie deswegen in sein Zimmer gegangen in der Hoffnung, er würde ihr irgendwann folgen, und sie wären allein? Immerhin war Weihnachten das Fest der Liebe … Für eine Frau wäre die Frage der Fragen zwar unüblich, aber Anne hatte sich noch nie etwas aus Konventionen gemacht. Unwillkürlich drückte Johannes die Schatulle in seiner Hand, dann sagte er: »Du zuerst.«

Anne nickte kaum merklich, nahm seine freie Hand und sagte schnell, so als wolle sie den Satz sofort wieder aus ihrem Mund loswerden: »Ich erwarte ein Kind.«

In Johannes Ohren begann das Blut zu rauschen und ihm wurde schwummerig, obwohl er saß. Hatte sie das wirklich gesagt? Nein, er hatte sich bestimmt verhört. Wie sollte sie schwanger sein? Sie hatte doch gar keinen Freund, und wenn, dann war er das!

*

Magda hatte die kleine Standuhr auf der Anrichte genau im Blick. Wenn er so kam wie jedes Jahr, dann blieben ihr nur etwa fünf Minuten, um sich noch einmal zurechtzumachen. Sie wollte besonders hübsch aussehen und hatte zu Hause ganz bewusst das neue, tief ausgeschnittene Kleid angezogen, das ihre Brüste so gut zur Geltung brachte. Ihr Mann Rainer hatte sich zwar gewundert und gefragt, ob der Ausschnitt bei ihren Eltern angebracht war, aber sie hatte nur mit den Schultern gezuckt. Was ihre Eltern dachten, war ihr gleichgültig. Für sie machte sie sich schließlich nicht zurecht. Es war Peter, dessen Blicke sie auf sich ziehen wollte. Peter, für den sie alles tun würde, der sie jedoch nach ein paar intimen Treffen wie eine heiße Kartoffel wieder fallen gelassen hatte. Und jetzt hatte er dieses billige Weibsstück. Überhaupt verstand niemand, was er an der Frau fand.

Magda hatte seit jeher für Peter geschwärmt, so, wie eigentlich jedes Mädchen in der Kleingartenkolonie, in der sie alle so viele Jahre Laube an Laube gelebt hatten. Es hatte ihr auch nie etwas ausgemacht, dass Peter etwas jünger war, als sie. Warum auch? Und irgendwann waren die paar Jahre Unterschied auch nicht mehr wichtig gewesen. Leider hatte Peter sie jahrelang überhaupt nicht beachtet. Für ihn war Magda lediglich die große Schwester von Johannes gewesen. Das hatte sich letztes Jahr an Weihnachten zu ihrer großen Freude geändert. Er war wie jedes Jahr bei ihnen mit einer Flasche Selbstgebranntem unter dem Arm aufgetaucht, dem vor allem ihr Vater, Peter und sie zugesprochen hatten. Die anderen hatten sich an die Flasche Eierlikör gehalten, die Anne als Weihnachtsgabe mitgebracht hatte und weniger hochprozentig war. Daran erinnerte sie sich noch heute sehr genau, als wäre es gestern gewesen. Und sie erinnerte sich gern – nicht unbedingt an den Kater am nächsten Morgen aber definitiv an den Ausgang des Weihnachtsabends.

Sie war damals vor einem Jahr bereits deutlich beschwipst auf die Toilette gegangen. Als sie wieder herauskam, stand Peter vor der Badezimmertür und drängte sie wieder hinein. Sie war zu überrascht gewesen, um Fragen zu stellen, darüber hinaus hatte sie es sich gern gefallen lassen, denn es war ihr trotz ihrer Trunkenheit schnell klar gewesen, dass er das von ihr wollte, was sie sich schon lange gewünscht hatte. Kaum hatte Peter sie in das Bad zurückgeschoben und die Tür hinter ihnen verschlossen, hatte er sein Gesicht in ihren schweren Brüsten vergraben. Sie hatte sich mit den Schultern an die gekachelte Wand gelehnt und es wollüstig geschehen lassen. Erst, als er seine Hand unter ihren Rock und zwischen ihre Oberschenkel schob, hatte sie sich ihm entwunden. Nicht, weil es ihr nicht gefallen hätte, sondern weil sie in ihrem alkoholgeschwängerten Kopf einen lichten Moment gehabt hatte – sie waren immerhin in der Wohnung ihrer Eltern, in der zum Weihnachtsabend alle Familienmitglieder versammelt waren. Peter und sie konnten schlicht nicht so lange von der Festtafel fernbleiben, ohne dass es auffallen würde. Allem voran ihrem Ehemann. »Ich melde mich bei dir, und dann treffen wir uns. Allein«, hatte sie ihm deswegen ins Ohr geraunt.

Sie hatte bis kurz nach Neujahr gewartet. Am liebsten hätte sie es gleich noch am 25. Dezember gemacht, doch sie hatte die Feiertage vergehen lassen wollen. Nicht nur, weil sie sich sowieso nicht hätten treffen können, da Rainer rund um die Uhr zu Hause war, sondern auch, um sich gegenüber Peter interessant zu machen. Und dann hatten sie sich tatsächlich getroffen. Peter war Polizist und arbeitete im Schichtdienst, sodass er auch manches Mal unter der Woche bereits nachmittags Zeit hatte. Er war zu ihr in die Wohnung gekommen, und sie waren nahezu sofort in ihrem ehelichen Schlafzimmer gelandet. So war das dann bis in den frühen Sommer hinein gegangen – Peter war ein- oder zweimal die Woche bei ihr vorbeigekommen, sie hatten sich vergnügt, und dann war er wieder weg. Ein einziges Mal hatte sie versucht, ihn hinterher noch zum Bleiben zu überreden. Sie hatte ihm einen Kaffee und ein Stück des Apfelstrudels, den sie eigens zu diesem Zweck gebacken hatte, angeboten. Er hatte freundlich abgelehnt, und während er lachend aus dem Schlafzimmer zur Garderobe in der Diele ging, um Hut und Mantel zu holen, gemeint, dass er doch nicht zum Kaffeekränzchen zu ihr käme. Sie hatte es enttäuscht hingenommen und ihn bei ihren weiteren Treffen nie wieder mehr als sich selbst angeboten. Manchmal hatten sie sich auch abends getroffen. Das jedoch in einem Hotel. Und dann war er plötzlich nicht mehr bei ihr aufgetaucht und hatte sich auch nicht mehr bei ihr gemeldet. Zunächst hatte sie sich Sorgen gemacht, gedacht, es sei ihm etwas passiert, da er auch auf ihre Briefe nicht reagierte. Irgendwann später hatte sie von Johannes so ganz nebenbei erfahren, dass Peter eine feste Freundin hatte, und eins und eins zusammengezählt. Fast hätte sie ihn in ihrer anfänglichen Wut im Dienst aufgesucht, um ihn zur Rede zu stellen – glücklicherweise hatte sie es gelassen. Sie wollte sich nicht lächerlich machen, vor allem, da sie ab dem Beginn ihrer Affäre geahnt hatte, dass sie eines Tages so enden würde. Ihre Wut hatte sie an Rainer ausgelassen, der das stoisch hingenommen hatte. Ein paar Wochen später, als sie sich wieder einigermaßen beruhigt hatte, war sie ihrem Mann dankbar dafür und bemühte sich seitdem, ihm eine gute Ehefrau zu sein. Trotzdem dachte sie nach wie vor jeden Tag direkt nach dem Aufwachen an

Peter, den sie erst heute am Weihnachtstag das erste Mal wieder sehen sollte.

Magda blickte auf die Uhr. Sie hatte nur noch etwa drei Minuten, wenn alles so war wie immer. Sie entschuldigte sich bei den anderen, schnappte sich ihre Handtasche, in der Kamm und Kosmetik steckten, und ging ins Bad, um sich frisch zu machen. Sie dachte sich, dass es frei war, da sie vorhin aus den Augenwinkeln Johannes dabei beobachtet hatte, wie er in sein Zimmer getreten war, nachdem er vorher ins Bad geschaut hatte. Sie war vermutlich die Einzige gewesen, die es bemerkt hatte, denn nur ihre Sitzposition am Esstisch erlaubte den Blick in die Diele.

*

»Johannes?«, hörte er Anne wie durch Watte seinen Namen nennen.

Er riss sich zusammen, rang sich ein Lächeln ab und fragte: »Und … und wer ist der Vater? Und was … was sagt er zu … zu eurem Kind? Ich wusste gar nicht, dass du … dass du jemanden triffst.« Noch immer drückte er die Schatulle fest in seiner Faust, was ihm in diesem Moment schmerzlich bewusst wurde. Er ließ sie los und wieder in seine Hosentasche zurückgleiten.

»Das möchte ich dir nicht sagen. Wer er ist, meine ich. Und, also, er weiß es noch nicht. Mit dem Kind.

Du bist der Erste, dem ich es erzähle und ich bitte dich, es auch erst einmal für dich zu behalten. Ja? Versprichst du es?«, bat Anne.

»Ist er von hier? Kennst du ihn schon lange?«, fragte er.

»Versteh doch, ich möchte nicht über ihn sprechen«, erwiderte Anne in einem Ton, der ihm deutlich machte, dass es keinen Sinn hatte, weiter nachzubohren. Dennoch wollte er jetzt wissen: »Liebt er dich? Kann er dir und deinem Kind eine gute Zukunft bieten?«

»Johannes, bitte …«, sagte sie nun fast schon flehend, und er verstand, dass ihr seine Fragen wehtaten. Ohne ihn zu kennen, breitete sich in diesem Augenblick in Johannes ein unglaublicher Hass auf den Mann aus, der Anne in diese Lage gebracht hatte. Er musste an die Schatulle denken. Warum hatte Anne diesem Mann noch nichts von ihrer Schwangerschaft erzählt? Wollte sie diesen Mann gar nicht? Womöglich hatte Anne ihm, ihrem besten Freund, von dem Kind in ihrem Leib als Erstem erzählt, damit er sich um sie kümmerte? Nicht wie ein Freund, mit dem man eben seine Geheimnisse teilt, sondern wie ein Mann! Unter Umständen war ihr durch den anderen und auch ihre Schwangerschaft klar geworden, dass auch sie mehr für Johannes empfand als nur Freundschaft? Darüber hinaus hatte er ihr damals auf dem Schotterweg versprochen, immer für sie da zu sein. Wenn er sich daran erinnerte, dann sie bestimmt auch. Und sein Versprechen schloss natürlich ihr Kind mit ein. Jetzt endlich konnte er unter Beweis stellen, dass es ihm ernst war mit den Worten, die er als kleiner Junge gedacht und ihr auch gesagt hatte. Ein weiteres Mal ergriff er die Schatulle in seiner Hosentasche. Gerade, als er sie herausziehen und Anne hinhalten wollte, hörte er die Türklingel schrillen. Er zuckte zusammen. Genauso wie die junge Frau.

Johannes schluckte die Worte, die ihm bereits auf der Zunge lagen, herunter und lauschte wie Anne in die Wohnung hinein, obwohl sie beide wussten, wer der Klingler war: Peter, sein bester Freund und die Person, die er nach Anne am meisten liebte. Seit dessen Eltern beide kurz nacheinander verstorben waren, kam der Freund jeden Heiligabend vorbei, um den Beckers, Anne und ihrer Mutter seine Wünsche zu überbringen. Natürlich lud die Familie Becker Peter seitdem auch jedes Jahr zum Weihnachtsessen ein, doch das schlug dieser immer wieder aus. Dafür kam er dann später vorbei – das aber auf die Minute pünktlich. So wie jetzt, wie Johannes mit einem schnellen Blick auf seinen Wecker feststellte.

Normalerweise hätte er sich immens gefreut, doch in diesem Augenblick verfluchte er Peter für den Zeitpunkt seines Auftauchens. Er und Anne würden jetzt gleich diesen Raum ihrer Zweisamkeit verlassen müssen, um Peter zu begrüßen und mit ihm den obligatorischen, von einem von Peters Bekannten selbst gebrannten Weihnachtsschnaps zu trinken, den dieser jedes Jahr als Gabe mitbrachte. Johannes war dafür in diesem Moment alles andere als bereit geschweige denn in der Stimmung.

Als sie nun Fußgetrappel aus der Diele hörten, kam Regung in die junge Frau. Sie sprang vom Bett auf und stellte sich vor den Spiegel der Schranktür, um sich zu richten. Johannes beobachtete, wie sie sich die zerzausten Haare, die sie sich zur Feier des Tages hochgesteckt hatte, soweit ordnete, wie es bei ihrer wilden Mähne eben ging. Dann befeuchtete sie sich den Zeigefinger und wischte sich die verschmierte Wimperntusche unter den Augen weg, sodass sie nicht mehr aussah, als hätte sie Wochen nicht mehr geschlafen. Dennoch sah man ihr noch immer an, dass sie geweint hatte und es ihr nicht gut ging – ihr Gesicht war nach wie vor blass, ihre Nase rot und die Augenlider aufgequollen. Für Johannes war sie trotzdem das Schönste, was er je im Leben erblickt hatte. Stimmen drangen nun durch die Zimmertür gedämpft an sein Ohr.

Zunächst war es Helmut, der sicherlich die Wohnungstür geöffnet hatte, denn er sagte laut: »Peter, altes Haus, und wieder ohne Weihnachtsmannkostüm! Kannst trotzdem reinkommen.«

»Ja, komm rein, wir haben schon auf dich gewartet!«, sagte nun Magda, die anscheinend ebenso an die Tür gekommen war – es war ein offenes Geheimnis, dass sie seit jeher für Peter schwärmte. Nur Peter und auch ihr Mann Rainer hatten es noch nicht mitbekommen, und das war nach Johannes' Meinung auch gut so, denn es hätte nur Zwietracht in die Familie gebracht: Peter hätte Magda niemals erhört, weil er sie nicht mochte, sich aber mit ihr als Schwester von Johannes arrangierte, wie dieser wusste, und für Rainer wäre es nicht gerade schön zu wissen, dass er nur die zweite Wahl war. Kein Mensch wollte nur zweite Wahl sein. Kaum hatte Johannes das gedacht, schoss ihm in den Sinn, dass Anne sich einem anderen hingegeben hatte, und er auch nur zweite Wahl war, wenn sie auf sein Werben eingehen würde. Er fühlte in sich hinein. Machte es ihm etwas aus? Noch hatte er ihr die Schatulle nicht mit den seit Langem überlegten Worten überreicht. Bisher wusste sie nichts von seiner Liebe zu ihr. Wenn er sie ihr gestehen würde, so, wie er es heute vorgehabt hatte, würde sich möglicherweise alles zum Guten wenden, denn vielleicht ging es ihr ja genauso. Vielleicht liebte sie ihn so wie er sie und wartete nur auf ein Zeichen von ihm? Wieder fragte er sich, ob sie ihm deswegen von dem Kind erzählt hatte. Eben nicht wie ihrem besten Freund, sondern wie einem Mann, den sie liebte und von dem sie sich eine Partnerschaft erhoffte. Der Gedanke gefiel Johannes. Das würde auch dazu passen, dass der eigentliche Vater des Kindes noch nichts von diesem wusste, dachte Johannes ein weiteres Mal. Konnte es sein, dass Anne gar nicht wollte, dass der andere Mann jemals von seinem Kind erfuhr, damit er sein Recht nicht einfordern konnte? War dieser Mann nur ein böser Ausrutscher mit Folgen gewesen? Dies alles überlegte Johannes in Sekunden. Dann fiel ihm die Uhr ein. War die Seiko ursprünglich ein Geschenk für den Anderen gewesen? Hatte sie es sich anders überlegt, sie aber nicht mehr zurückgeben können und dann eben Johannes geschenkt? Wer war bloß dieser Fremde, der Anne so nahe gekommen war?

Sie trat jetzt an ihn heran und fragte: »Wie sehe ich aus? Kann ich den anderen so unter die Augen treten?«

»Du bist wunderschön«, antwortete er unvermittelt mit nach wie vor belegter Stimme.

»Danke«, sagte sie und setzte hinterher: »Wenn ich dich nicht hätte ... du bist ein wahrer Freund.«

Sie lächelte, straffte die Schultern und wendete sich schon ab, um zur Zimmertür zu treten, als seine Worte sie in der Bewegung stoppten: »Wie weit bist du?«

Sie sah ihn wieder an und strich sich zärtlich über den Bauch: »Du meinst ...? Noch ganz am Anfang.«

Ohne weiter darüber nachzudenken, griff er erneut in seine Hosentasche und zog die Schatulle mit dem Verlobungsring heraus. Er machte einen Schritt auf sie zu, schluckte und sagte daraufhin: »Anne, willst du ...«

»Hier seid ihr also! Wir suchen euch schon in der ganzen Wohnung«, wurde Johannes rüde unterbrochen – Magda hatte die Zimmertür, ohne anzuklopfen, aufgestoßen und stand jetzt mit schief gelegtem Kopf im Türrahmen. Johannes wusste genau, dass keiner die Wohnung nach ihnen abgesucht hatte und Magda mal wieder in ihrer spitzen Art maßlos übertrieb, dennoch sagte er nichts. Was auch? Er und Anne waren ja tatsächlich lange von den anderen weggeblieben – länger, als es sich schickte, und dennoch hatte er seine Frage nach wie vor nicht gestellt. Und er würde sie vorerst auch nicht stellen können, denn hinter Magda tauchte ein weiteres Gesicht auf. Es war das von Gisela, Peters Verlobter, die auch gleich ein: »Fröhliche Weihnachten«, ausrief, als sie Anne und Johannes erblickte.

Johannes mochte Gisela nicht. Anne ging es genauso. Das hatte sie Johannes einmal anvertraut, nachdem er und sie mit dem damals gerade frisch zusammengekommenen Paar auf dem Zwutsch gewesen waren. Gisela war von allem ein bisschen zu viel, nicht nur äußerlich, sondern vor allem von ihrer Art her – wenn sie lachte, lachte sie etwas zu laut, wenn sie redete, konnten alle im Lokal zuhören und verstanden jedes Wort, ihre Witze waren ein wenig zu derb, und wenn sie Peter überschwänglich vor allen Leuten küsste, machte sie dabei ein Geräusch wie ein Gummischuh, der auf Linoleum quietscht, und Peter hatte zudem das Gesicht voll mit knallrotem Lippenstift. Das alles zusammen machte Gisela in Johannes' Augen zu einer indiskreten oder zumindest distanzlosen Person, und er konnte nicht verstehen, was Peter an ihr fand. Gut, Peter war dem weiblichen Geschlecht schon immer sehr zugeneigt gewesen und hatte mit seinem natürlichen Charme schon so manches junge Fräulein um den Finger gewickelt und sicherlich auch mehr – Johannes hatte da nie direkt nachgefragt, und Peter war niemand, der mit seinen Eroberungen prahlte – aber mit Gisela hatte der Freund sich im letzten Monat verlobt. Im kommenden April sollte die Hochzeit sein. Als Magda davon erfahren hatte, hatte sie sofort gemutmaßt, dass Peter aus reiner Berechnung um Giselas Hand angehalten hatte, da diese einmal gut erben würde. Natürlich hatte aus Magdas Mund auch die Eifersucht gesprochen, dennoch gab Johannes ihr im Stillen recht. Giselas Vater war ein reicher Bauunternehmer und die junge Frau sein einziges Kind, da würde einiges zusammenkommen, und als Polizist verdiente Peter zwar gut, aber eben auch nicht mehr. Ein wenig hatte Johannes sich für seine Gedanken über den Freund geschämt, zumal er Peters Trauzeuge sein würde, aber er konnte nichts dagegen machen. Auch jetzt wieder spürte er das Unbehagen in ihrer Gegenwart, doch Gisela merkte es wie immer nicht. »Na los, ihr beiden Turteltäubchen, kommt, sonst verpasst ihr noch den guten Schnaps«, tönte sie in das Zimmer hinein, und Johannes sah aus den Augenwinkeln, dass Annes eben noch bleiche Wangen sich leicht rosa färbten – da hatte Giselas dämliche Bezeichnung für ihn und Anne wenigstens etwas für sich. Anne nickte, und nachdem Gisela und Magda den Türrahmen freigegeben hatten, schickte sie sich an, den beiden zu folgen. Vorher warf sie Johannes aber noch einen verschwörerischen Blick zu. Es war genau der Blick, mit dem sie ihn auch als kleines Mädchen bedacht hatte, wenn sie ein Geheimnis teilten, das kein anderer wissen sollte, und deswegen verstand er sofort. So hob er wie schon damals als Junge seine Hand zum Mund, benetzte Zeige- und Mittelfinger und legte sie mit ernster Miene auf die Seite seiner Brust, hinter der sein Herz schlug. Sobald Anne das gesehen hatte, wandte sie sich ab und folgte den beiden anderen Frauen. Anne wusste, dass er sein Stillschweigen mit dem Schwur ihrer Kindheit noch einmal bekräftigt hatte. Sie wusste aber nicht, dass er sich selbst außerdem geschworen hatte, seine Frage, ob sie seine Frau werden wollte, bald zu stellen, gleichgültig, was um sie herum geschehen würde.

Johannes trat an seinen Schrank und versteckte die Schatulle mit dem wertvollen Inhalt fürs Erste wieder hinter seinen Unterhemden.

»Selten bricht eine Katastrophe herein, ohne ihre Vorboten vorauszuschicken.«

(Raymond Radiguet)

KAPITEL 2
FREITAG, 16. FEBRUAR 1962,
VORMITTAGS

Anneliese Kretschmar knotete ihr Kopftuch ein weiteres Mal unter ihrem Kinn zusammen. Obwohl der Weg von der Bushaltestelle zum Arzt kurz war, empfand sie ihn als mühsam, denn der Wind pfiff nur so um die Häuserecken, sodass sie ständig ihr Tuch festhalten und neu binden musste. Dabei musste sie jedes Mal beide Hände benutzen und dafür die Arme heben, wobei ihr dann ihre Handtasche, deren kurzen Riemen sie über der Schulter trug, regelmäßig bis in die Armbeuge herunterrutschte. Das nervte sie, zumal ihre Stimmung sowieso alles andere als rosig war. Und das derzeitige Wetter machte diese nicht besser. Seit Tagen war es mehr als ungemütlich. Noch gestern hatte in der Morgenzeitung gestanden, dass die stürmische Wetterlage sich etwas beruhigen würde. Davon hatte sie nichts bemerkt, und heute war es sogar noch heftiger als die Tage davor. Das war nicht nur ihr Gefühl, sondern stand auch so in den Nachrichten: Ein Orkan, der mit Böen bis zu zwölf Windstärken über den Nordatlantik zu ihnen an die Deutsche Bucht kam, war schuld daran. Es wurde sogar vor einer schweren Sturmflut an der gesamten Nordseeküste gewarnt. *Vincinette* hatten die Meteorologen das Sturmtief getauft. Bisher hatte Anne gar nicht gewusst, dass Wetterereignissen Namen gegeben wurden. Gestern Abend hatte Johannes bei ihnen in der Laube vorbeigeschaut. Er hatte nur kurz einen Mohnstrudel von seiner Mutter abgeben wollen, doch sie hatte ihn hineingebeten. Sie wollte ihm etwas sagen, das ihr auf der Seele brannte. Mehr, um einen lockeren Einstieg in ihre Unterhaltung zu finden, hatte sie ihn jedoch zuvor nach dieser Namenssache gefragt. Der Freund war ein wandelndes Lexikon, und sie bewunderte immer wieder aufs Neue seine Fähigkeit, sich alles zu merken, was er einmal gehört oder gelesen hatte. Johannes war auch sofort in seinem Element gewesen. Er hatte ihr erzählt, dass die Amerikaner im Zweiten Weltkrieg damit begonnen hatten, Taifunen im Pazifik weibliche Vornamen zu geben, und das Meteorologische Institut in Berlin dies seit Mitte der 50er-Jahre übernommen hätte und seitdem alle Hochs und Tiefs mit Namen versah. Sie hatten darüber lachen müssen, und dann hatte Johannes ihr gesagt, dass *Vincinette* übersetzt »die Siegreiche« heißen würde und der Name ja ziemlich gut auf das Tief zuträfe, da es so orkanartig daherkommen würde. »Irgendwie mitreißend, wenn ich so an meinen Hut denke, der mir eben gerade vom Kopf geflogen ist. Ein Glück konnte ich ihn wieder einfangen«, hatte er dann noch hinzugesetzt und ein weiteres Mal lachen müssen. Dann war er jedoch auf einen Schlag ernst geworden, hatte sie ganz merkwürdig angeschaut und gemeint: »So wie du. Du bist auch mitreißend.«

»Ich finde meinen Namen aber schöner, da weiß jedenfalls jeder, wie man ihn ausspricht«, hatte sie versucht, dem Gespräch wieder mehr Leichtigkeit zu geben, doch es war ihr nicht gelungen. Johannes hatte nicht aufgehört, sie auf diese eigentümliche Weise anzusehen. Sie hatte diesen Blick in letzter Zeit schon öfter an ihm bemerkt, jedoch hatte er ihn bisher nie so offensichtlich auf sie geworfen, sondern nur, wenn er sich unbeobachtet gefühlt hatte.

In den vergangenen Wochen nach Weihnachten und ihrer Offenbarung war Johannes häufiger als üblich bei ihnen vorbeigekommen. Anne war von seiner fürsorglichen Art berührt und fühlte sich einmal mehr darin bestätigt, was für ein guter Freund Johannes doch für sie war. Bisher hatte er auch sein Versprechen nicht gebrochen und niemandem von dem Kind unter ihrem Herzen erzählt. Auf ihn war wirklich Verlass. Jedes

Mal, wenn er in der letzten Zeit vorbeigeschaut hatte, hatte er etwas mitgebracht, das ihm wie gestern Abend wohl als Vorwand für seinen Besuch diente. Mal war es etwas von seiner Mutter Zubereitetes gewesen, wie der Mohnstrudel, mal ein wärmendes Kleidungsstück für ihre Mutter wie dicke Wollsocken, die ebenfalls Renate Becker hergestellt hatte, und einmal sogar eine neue Wärmflasche. Dabei hatte er immer wieder das Gespräch darauf gebracht, dass die Laube als Wohnort nicht gut für sie sei – im Sommer zu warm, im Herbst zu zugig und im Winter viel zu kalt. Trotz des Ofens, der rund um die Uhr bollerte. Sie wusste das natürlich selbst, vor allem, was die Gesundheit ihrer Mutter betraf, für die ihre Wohnsituation nicht gerade förderlich war. Allerdings hatten Johannes' stetige Kommentare über ihre Laube sie auf einen Gedanken gebracht, dessen Umsetzung wenigstens ein Problem ihres Zukunftsplans lösen würde, und den hatte sie gestern Abend dann endlich mit ihm geteilt, nachdem sie ihm einen Tee aufgekocht und ihre Mutter sich in ihr Bett zurückgezogen hatte.

Anne hatte Johannes nach draußen gebeten, damit sie sicher sein konnte, dass ihre Mutter nichts von ihrem Gespräch mitbekam. Der Wohnraum innerhalb der Laube war nicht groß, und man hatte hier kaum Privatsphäre. Zwar hatte Anne ihrer Mutter bereits vor Jahren einen kleinen Schlafraum eingerichtet, indem sie vom Wohnraum, der nicht nur die Küche mit dem kleinen Esstisch, die Couchecke, in der auch der Radioempfänger auf einer kleinen Kommode stand, sondern auch ihr Bett beherbergte, mit Spanholzwänden ein kleines Zimmer abgetrennt hatte, doch konnte man überall jedes Wort verstehen. Was sie Johannes zu sagen hatte, sollte ihre Mutter jedoch nicht wissen. In diesem Moment zumindest noch nicht. Sie würde es früh genug merken.

Johannes war ihr bereitwillig nach draußen gefolgt, obwohl es durch den starken Wind, den leichten Regen und zu guter Letzt die niedrige Temperatur fürchterlich ungemütlich gewesen war. Sie selbst hatte sich einen dicken Pullover, Handschuhe und ihren warmen Wollmantel sowie ihre Fellschuhe – beides hatte ihr eine Kollegin günstig verkauft – übergezogen. Sie hatten sich auf die beiden Gartenstühle gesetzt und für eine Weile schweigend in den kleinen Nutzgarten geschaut. Es war bereits dunkel, und es war kaum etwas zu erkennen, doch das machte ihnen nichts aus. Anne war das sogar ganz recht gewesen – eingehüllt in die Dunkelheit hatte sie sich auf eigentümliche Weise geschützt gefühlt, denn sie hatte damit gerechnet, dass Johannes versuchen würde, ihr ihr Vorhaben auszureden, und genau das hatte sie nicht gewollt. Sie hatte sowieso lange dafür gebraucht, sich zu dem ihr bevorstehenden Schritt durchzuringen. Erst gestern Morgen hatte sie es endgültig getan, denn es war das Beste für alle Beteiligten, auch wenn es ihr schwer fiel. Das sagte sie auch Johannes, nachdem sie ihm von ihrem Entschluss erzählt hatte und ihn darüber hinaus gebeten hatte, mit seinen Eltern darüber zu reden, ob sie ihre Mutter bei sich in der Wohnung aufnehmen könnten. Dort war es warm und trocken. Renate Becker hatte ein kleines Nähzimmer in der Wohnung, und Anne machte den Vorschlag, ihre Mutter dort einzuquartieren. Selbstverständlich gegen eine monatliche Zahlung. Sie hatte Mühe gehabt, nicht zu weinen.

Johannes hatte zunächst nichts geantwortet, dann jedoch nach dem Grund gefragt. Als sie es ihm stockend erklärte, waren doch ein paar Tränen ihre Wange hinabgekullert, und Johannes hatte in der Dunkelheit ihre Hand ergriffen. Für eine Weile hatte keiner etwas gesagt. Plötzlich hatte Johannes jedoch angefangen zu reden. Er hatte ihr ein Angebot gemacht, dass sie auch jetzt wieder, als sie daran dachte, ungemein rührte. Er war so süß. Und so ein guter Freund. Das hatte sie ihm gestern natürlich gesagt, und dann hatte sie ihm sachte ihre Hand wieder entzogen und sein Angebot abgelehnt. Was hätte sie auch anderes tun sollen? Es reichte schon, dass sie ihr eigenes Leben zerstört hatte, da wollte sie nicht auch noch seines durch ihre Dummheit kaputtmachen.

Ein weiteres Mal hatte sich der Knoten unter Annes

Kinn gelöst, doch jetzt zog sie ihn nicht wieder zu, da sie an dem Haus, in dem die Arztpraxis untergebracht war, angekommen war. Sie nahm das Kopftuch ab und öffnete die schwere Tür.

*

»Nicht unbedingt das schönste Wetter, um sein Mittagessen draußen zu genießen, aber mich in ein Café setzen, will ich auch nicht. Das kostet nur unnötig. Außerdem hab ich mein Mittagessen wie immer von zuhause mitgebracht. Geht doch nichts über eine schöne dicke Stulle. Tut mir leid, dass ich zu spät komme. Wir haben eben die Meldung für eine Sturmflutwarnung reinbekommen«, entschuldigte sich Peter Lüders, als er sich neben Johannes auf die Bank setzte, die von einem dicht verästelten Baum einigermaßen vor dem Sprühregen geschützt wurde, und schlug seinen Mantelkragen demonstrativ hoch – als Kommissar trug er Zivil und keine Uniform. Die beiden Freunde hatten sich hier in der Georg-Wilhelm-Straße unweit des Polizeikommissariats 44 getroffen, der Dienststelle von Peter.

»Ja, das stand heute schon in der Morgenzeitung«, kommentierte Johannes den Freund. Peter war noch nie der Pünktlichste gewesen, und Johannes hatte sowieso nicht damit gerechnet, dass dieser Punkt 12 Uhr zu ihrer Verabredung käme.

»Hast recht, ich habe es heute Morgen auch schon im Radio gehört. Da haben sie in den Nachrichten noch von zwei Metern Wasserstand über dem Mittleren Hochwasser gesprochen. Wir haben jetzt eben die Meldung auf der Dienststelle reinbekommen, dass es zwei Meter 50 werden und vor allem heute Nacht richtig heftig zugehen soll. Als Polizei bekommen wir solche Meldungen vom Deutschen Hydrografischen Institut, wenn der Wasserstand außergewöhnlich hoch werden soll.«

»Meinst du, wir müssen uns Sorgen machen?«, fragte Johannes nach.

»Sorgen? Ach was. Vielleicht gibt es ein paar Überschwemmungen, wie immer vor allem unten auf Sankt Pauli am Fischmarkt. Oder auch einige vollgelaufene Keller, aber wir hier auf unserer Wilhelmsburger Elbinsel haben ja die Deiche, und die sind um die fünf Meter 70 hoch. Außerdem gelten die deutschen Küstenbefestigungen als die besten der Welt, aber das weißt du ja. Klar, stürmisch könnte es werden, ist es ja jetzt schon, und das wird sicher noch zunehmen. Einige der Elbfähren haben auch schon den Betrieb eingestellt, aber wozu haben wir alle ein kuscheliges Zuhause? Du musst dich ja nicht unbedingt heute Abend auf der Straße rumtreiben. Aber wir sind nicht hier, um über das ungemütliche Wetter zu reden. Warum wolltest du mich sprechen? Allein?«, fragte Peter, wischte die Bank mit seinen bloßen Händen kurz ab und setzte sich.

Johannes hatte Peter am Abend zuvor bereits in dessen Wohnung aufgesucht, nachdem er von Anne Hals über Kopf aufgebrochen war. Normalerweise machte er die Dinge für sich selbst aus, doch in dieser Angelegenheit brauchte er jemanden zum Reden, und wer war da besser als sein ältester Freund? Peter war gestern jedoch nicht allein gewesen. Gisela hatte bei ihm auf der Couch gesessen und hatte sich keineswegs einfühlsam zurückgezogen, um die Freunde sich selbst zu überlassen. Dabei hatte zumindest Peter sofort gesehen, dass es Johannes nicht gut ging. Gleich, nachdem er ihm die Wohnungstür geöffnet hatte, hatte er Johannes beim Arm gepackt und gesagt: »Welcher Geist ist dir denn begegnet? Du bist ja völlig durch den Wind!«

»Ja … ich … hast du einen Moment Zeit für mich?«, hatte Johannes nur mühsam hervorgebracht und sich wie der kleine Junge gefühlt, der nur bei seinem älteren Freund vor den anderen Kindern und der Welt Schutz findet.

»Na klaro«, hatte Peter gemeint, ihn in seine Wohnung gezogen und ins Wohnzimmer geführt. Und da hatte Gisela gesessen und gleich eine Flappe gezogen, weil sie wohl annahm, dass ihr Abend mit Peter in trauter Zweisamkeit nun nicht mehr stattfinden würde.

Sie war relativ leicht bekleidet gewesen, und Johannes war ihr Anblick unangenehm gewesen. Allerdings hatte sie auch absolut keine Anstalten gemacht aufzustehen und sich etwas über ihr Spitzenhemdchen zu ziehen. Stattdessen hatte sie Peter gebeten: »Liebling, schenk mir doch bitte noch etwas von dem Wein nach«, und ihm ihr noch halb volles Glas hingehalten. Dabei hatte sie Johannes gemustert: »Du siehst aus, als könntest du auch etwas vertragen.«

Er hatte ablehnend den Kopf geschüttelt. Wenn er mit dem Freund allein gewesen wäre, hätte er sicher nicht nur ein Glas genommen, aber Giselas Anwesenheit hatte ihn gestört. In ihrer Gegenwart hatte er dem Freund nicht sein Herz ausschütten wollen. Peter kannte ihn gut genug, sodass er vorschlug: »Was hältst du davon, ein paar Schritte an der frischen Luft zu gehen?«

Bevor Johannes antworten konnte, hatte Gisela in ihrer derben Art gesagt: »Du willst doch wohl bei diesem Wetter nicht auf die Straße! Da schickt man ja nicht einmal einen Hund vor die Tür!«

»Weißt du was?«, hatte Johannes schnell gesagt, bevor Peter seiner Verlobten antworten konnte, »Hast du morgen Zeit?«

»Ja, morgen Mittag, passt das für dich? Aber wenn du möchtest, können wir auch jetzt …«, hatte Peter angesetzt, doch Johannes hatte ihn unterbrochen und gesagt: »Gut, dann komme ich morgen zu dir. Wir treffen uns auf der Bank bei deiner Dienststelle. Ist zwar auch draußen, aber dann ist es nicht dunkel. Und wenn das Wetter dann nicht besser ist, können wir uns immer noch ein Café suchen. Um 12 Uhr?«

»Na, du willst mich wohl echt nicht dabei haben«, hatte Gisela laut aufgelacht, doch das Lachen hatte nicht belustigt, sondern gezwungen geklungen. Als Johannes nichts dazu gesagt hatte, hatte sie hinterher gesetzt: »Hast du endlich mal ein Mädchen für dich gefunden und brauchst ein paar Tipps von meinem Peter? Die kann ich dir auch geben.«

»Das glaube ich gern«, hatte Johannes erwidert, sich von ihr abgewandt und zu Peter gesagt: »Wir sehen uns morgen um 12 Uhr.« Dann hatte er die Wohnung verlassen. Und jetzt saßen die beiden besten Freunde tatsächlich auf der Bank, allein, ohne Gisela.

Nachdem Peter sein Brot aus dem Butterbrotpapier gewickelt hatte, stellte er mit einem Blick auf Johannes fest: »Du siehst ja noch mieser aus als gestern Abend. Sag mal, hast du überhaupt dein Bett gesehen? Mensch, Johannes, was ist denn los? Tut mir übrigens leid wegen Gisela, sie versteht manchmal nicht, wann es besser ist, Männer unter sich zu lassen. Aber jetzt kannst du erzählen. Hatte sie recht? Hast du endlich ein Mädchen kennengelernt? Wobei, dann würdest du wohl nicht so aussehen wie drei Tage Regenwetter. Na ja, haben wir ja auch gerade … Oder hat sie dich abblitzen lassen?«

Johannes fühlte sich ertappt. In allem, was der Freund gesagt hatte. Tatsächlich hatte er die Nacht nicht zu Hause verbracht, sondern war mit der Bahn auf die Reeperbahn gefahren und dort von Kneipe zu Kneipe gezogen. Während er dagesessen und sich leidgetan hatte, hatte er nicht viel Alkohol getrunken, höchstens drei Biere über die nächtlichen Stunden verteilt und sonst Wasser. Dennoch fühlte sich sein Kopf an, als hätte ihn jemand durch die Mangel gedreht. Hin und wieder war er angesprochen worden. In der Regel von Frauen, die einen ausgegeben bekommen und im Zweifel noch mehr von ihm wollten, was mit Geld zu bezahlen war, doch er hatte abgewiegelt. Das war definitiv nicht seine Sache, und deswegen war er auch nicht auf den Kiez gefahren. Er hatte allein sein wollen und trotzdem unter Menschen, und Sankt Pauli bei Nacht war dafür der perfekte Ort.

Heute am frühen Morgen war Johannes mit der Bahn wieder zurück nach Wilhelmsburg gefahren. Er war nicht nach Hause gegangen, um zu frühstücken und sich frisch zu machen, da er keine Lust auf die Fragen seiner Eltern hatte, die ganz sicher gekommen wären. Stattdessen hatte er sich eine Telefonzelle gesucht, bei seiner Arbeitsstelle angerufen und sich für den Tag krank gemeldet. Danach hatte er sich in der Nähe des Bahnhofs in ein Café gesetzt, ein Wurstfrühstück bestellt und, um sich abzulenken, in die Zeitung geschaut. Großartig aufnahmefähig war er nicht gewesen. Von seinem belegten Brötchen biss er nur einmal ab, doch selbst den kleinen Happen brachte er kaum herunter, sodass er sein bestelltes Essen mitsamt Teller und Messer an den äußeren Rand des Tisches von sich weggeschoben hatte. Auch die Tageszeitung hatte er nur durchgeblättert. Lediglich an den fettgedruckten Überschriften war er hier und da kleben geblieben, sodass er wenigstens das Gefühl hatte zu wissen, was in der Welt um ihn herum vor sich ging.

Immer wieder war sein Blick ins Leere gewandert, und er hatte an Anne denken müssen. Dabei hatte er einige Male einen stechenden, anhaltenden Schmerz in der Brust verspürt, und er war sich nicht sicher gewesen, ob dies von dem für seine Verhältnisse vielen Kaffee herrührte, den er im Café fast schon literweise trank, oder von seinem gebrochenen Herzen.

Auch jetzt, auf der Bank neben Peter, stach es Johannes wieder in der Brust, und um diesem peinigenden Gefühl Luft zu verschaffen, platzte es ohne Umschweife aus ihm heraus: »Ich habe Anne gefragt, ob sie mich heiraten will.«

»Du hast was?«, stieß Peter hervor, als hätte er Johannes nicht richtig verstanden.

»Ich habe Anne einen Heiratsantrag gemacht.«

»Ich wusste nicht, dass du und Anne …«, sagte Peter nachdenklich. Er biss ein weiteres Mal von seiner Stulle ab, kaute schweigend und fragte dann, nachdem er heruntergeschluckt hatte: »Wie lange geht das schon mit euch beiden?«

»Sie ist schwanger«, stieß Johannes hervor, ohne auf Peters Frage einzugehen.

»Schwanger?«, rief Peter entsetzt aus.

»Ja, und ich bitte dich, es niemandem zu erzählen. Auch nicht Gisela. Anne möchte das nicht, und ich hab es ihr versprochen.«

»Und wieso erzählst du es mir dann?«, entgegnete Peter unwirsch. Johannes tat so, als würde er Peters Aggression nicht bemerken, und sagte leise: »Weil du mein bester Freund bist und ich nicht weiß, mit wem ich sonst darüber reden soll.«

»Entschuldige, ich wollte nicht ... tut mir leid, dass ich so reagiert habe. Ich sollte mich für euch freuen«, sagte Peter nun zerknirscht, dann setzte er erklärend hinzu, »aber ich hatte ja keine Ahnung, dass du und Anne ... das hättest du mir schließlich auch mal erzählen können. Wie weit ist sie denn?«

»Im vierten Monat.«

»Im vierten Monat?«, echote Peter überrascht. »Ich hab Anne länger nicht getroffen, aber sieht man denn schon was?«

»Nein, tut man nicht. Oder, na ja, sie ist insgesamt etwas runder geworden«, antwortete Johannes gedankenverloren.

»Und sie, also ihr, ihr wollt das Kind?«, fragte Peter nun vorsichtig. »Ich meine ... also, ich hab gehört, in Holland kann man ... die Ärzte sollen da eher mal ein Auge zudrücken, obwohl es auch dort natürlich verboten ist. Aber wenn man ein bisschen Geld in die Hand nimmt ... Braucht ihr Geld? Ich könnte euch aushelfen.«

Johannes sah den Freund entgeistert an und sagte fest: »Nein! Das kommt nicht infrage. Außerdem will Anne das Kind. Das würde sie sowieso nicht machen.«

»Hm, aber dann müsstet du sie nicht heiraten, obwohl es natürlich das Beste für alle wäre«, stellte Peter fest.

»Du verstehst nicht«, erwiderte Johannes lauter als gewollt und fuhr fort: »Ich will sie heiraten. Ich liebe Anne. Schon mein Leben lang!«

»Das hast du mir nie gesagt!«, sagte Peter nun ebenfalls mit erhobener Stimme. Ob aus Ärger oder um die Feuerwehrsirene zu übertönen, die in diesem Moment erklang, konnte Johannes nicht sagen. Und es war auch gleichgültig, denn er verstand den Freund. Sie hatten sich von Kindheit an alles erzählt, und Peter musste es als Vertrauensbruch sehen, dass Johannes ihm seine Liebe zu Anne verschwiegen hatte. Das Sirenengeheul wurde wieder leiser. Wahrscheinlich war in der Gegend ein Baum umgekippt oder ein Dachziegel vom Haus gefegt worden. Oder irgendwo auf

einer der Straßen in der Umgebung war ein Strom-
mast durch eine heftige Orkanböe umgeknickt worden oder lag ein abgebrochener Ast und musste entfernt werden, damit der Verkehr im Stadtteil nicht
unnötig aufgehalten wurde.

Die beiden Freunde schwiegen eine Weile, doch
plötzlich sprang Peter von der Bank auf und meinte:
»Mann, ist das ein Wetter. Komm, lass uns gehen, es ist
zu ungemütlich, um hier im Freien zu sitzen. Außerdem ist doch dann alles gut, wenn du sie liebst.«

»Peter, du verstehst nicht …«, setzte Johannes ein
weiteres Mal an, doch der Freund unterbrach ihn,
indem er sich an die Stirn schlug und ausrief: »Ich
Idiot! Natürlich! Dass ich nicht gleich darauf gekommen bin! Du möchtest, dass ich dein Trauzeuge werde!
Aber klar, mein Alter, natürlich mache ich das. Nur
eine Doppelhochzeit, daraus wird nichts, da würde
Gisela nicht mitmachen. Du weißt ja, sie will immer
alles einzigartig haben. Darum hat sie ja auch mich.
Ich bin eben auch einzigartig. Wann wollt ihr denn
heiraten? Lange solltet ihr wohl nicht mehr warten.«

»Nun lass mich doch mal ausreden!«, fuhr Johannes Peter an und war selbst über sich erschrocken.
Normalerweise war dies nicht seine Art, aber Peter
machte ihn ganz kirre. Er hatte mit ihm von Freund
zu Freund reden wollen und sich einen Rat erhofft,
weil er nicht weiter wusste. Stattdessen hört Peter

ihm nicht einmal richtig zu. Kaum hatte Johannes das gedacht, wusste er, dass er Peter unrecht tat. Woher sollte dieser auch die wahren Umstände kennen. Was Anne anging, hatte Johannes sich ihm bisher nie offenbart, weil er seine Liebe zu ihr wie einen Schatz für sich behalten hatte wollen, damit keiner ihn kaputt redete. Johannes stand nun ebenfalls von der Bank auf, trat an den Freund heran und meinte: »Tut mir leid, ich hab zu harsch reagiert. Es ist nur so: Anne will mich nicht heiraten.«

Peter Lüders sagte im ersten Augenblick nichts und sah Johannes nur erstaunt an. Dann schien er sich wieder gefangen zu haben und fragte sachlich: »Und wieso nicht?«

»Wir sind kein Liebespaar. Deswegen. Das Kind ist nicht von mir«, antwortete Johannes ebenso sachlich, obgleich ihm ganz anders zumute war. Dabei wich er dem entgeisterten Blick des Freundes aus, der nun wissen wollte: »Und … und von wem ist das Kind?«

Johannes sah zu Boden und kickte mit seiner Schuhspitze einen kleinen Stein weg, als er antwortete: »Das weiß ich nicht. Sie hat es mir nicht gesagt, aber sie liebt diesen Mann, obwohl er ein Schwein ist.«

»Wieso ist er ein Schwein? Normalerweise redest du so nicht über andere«, wollte Peter wissen.

»Weil er Anne sitzengelassen hat«, war Johannes' knappe Antwort.

»Oh, ja das ist … das ist natürlich mies«, stimmte Peter ihm zu und fragte weiter: »Weiß er denn von ihrer Schwangerschaft?«

»Sie hat ihm nicht davon erzählt«, gab Johannes zu und führte dann aus, bevor Peter weiter fragen konnte: »Er hat sie verlassen, bevor sie selbst wusste, dass sie sein Kind erwartet. Jetzt will sie ihn nicht informieren, da sie um ihrer selbst willen geliebt werden möchte und nicht, weil er sich verpflichtet fühlt.«

»Ach ja, unsere kleine Anne. Sie war schon immer eine starke Person. Allerdings wäre es wirklich besser, wenn sie dich heiraten würde. Ihr seid euch so nah, immer schon gewesen, wieso will sie nicht? Sie würde dem ganzen Gerede der Leute entgehen, und, naja, es wäre halt das Beste für alle – für euch beide und das Kind. Und sie sollte auch mal an ihre kranke Mutter denken«, sagte Peter grüblerisch.

»Sie will nicht, das hat sie mir klipp und klar gesagt«, erwiderte Johannes hart, wobei er schlucken musste, denn Annes gestrige Abfuhr schmerzte noch immer tief, obwohl sie sie mit netten Worten vorgebracht hatte.

»Vielleicht überlegt sie es sich ja noch. Frauen können ziemlich wankelmütig sein«, meinte Peter aufmunternd.

»Sie wird weggehen«, erklärte Johannes, und allein bei dem Gedanken zog sich alles in ihm zusammen.

»Wie – weggehen? Will sie doch nach Holland?«, verstand Peter nicht.

»Nein, sie verlässt Hamburg. Eine frühere Arbeitskollegin von ihr hat nach Bayern geheiratet. Anne will dorthin ziehen. Sie wird dort sagen, sie sei Witwe«, führte Johannes aus.

»Aber dann ist doch alles paletti. Das ist wirklich ein guter Plan«, stellte Peter fest, sah auf die Uhr und meinte: »Ich muss jetzt zurück. Du ja bestimmt auch.«

»Ich hab mich krank gemeldet«, murmelte Johannes, nickte seinem Freund zu, drehte sich ab und ging in die entgegengesetzte Richtung davon. Er fühlte sich komplett unverstanden. Gut, natürlich hatte er Peter all die Jahre über nie von seiner heimlichen Liebe zu Anne erzählt. Aber heute hatte er es getan, und wieso begriff Peter dann nicht, dass es ihm das Herz herausreißen würde, wenn Anne Hamburg ohne ihn verließ?

*

Peter Lüders blickte seinem Freund, der mit hängenden Schultern und gesenktem Kopf gegen den Wind ankämpfte, noch ein paar Sekunden hinterher. Er überlegte, ob er ihn aufhalten sollte. Johannes war sensibel und nahm sich vieles zu sehr zu Herzen. Peter ging das völlig ab. Wenn etwas nicht so funktionierte oder jemand nicht so wollte, wie er es sich vorstellte, versuchte er es noch ein, zwei Male, und dann ließ er es bleiben und suchte sich eine neue Herausforderung. Auch wenn ihm irgendetwas langweilig wurde, machte er es so. Deswegen hatte er sich für den Polizistenberuf entschieden. Hier bekam er immer wieder neue Herausforderungen auf dem Servierteller präsentiert, die er in der Regel lösen konnte. Natürlich lag das auch daran, dass er sich ziemlich gut in die verschiedenen Täter hineinversetzen konnte, denn auch für ihn war bis ins jugendliche Alter hinein der Kohlen- und Kartoffelklau oder auch das Handeln auf dem Schwarzmarkt mit nachgefragten Waren, die er sich auf illegale Weise besorgt hatte, an der Tagesordnung gewesen. Er hatte da nie Skrupel gehabt, und vor allem war er niemals erwischt worden. Bei seinem Eintritt bei der Polizei hatte er also zumindest offiziell eine reine Weste gehabt. Die Tatsache, dass er in seinem Beruf nicht nur seinen Grips anstrengen, sondern auch seinen Körper einsetzen musste, befriedigte ihn überdies ungemein. Sei es, um einen Verdächtigen zu verfolgen und zu stellen, oder beim Polizeisport, der fast schon verpflichtend war in seinem Beruf.

Ich werde mich heute Abend bei Johannes melden, dachte Peter mit einem erneuten Blick auf seine Uhr. Bereits, als er sie verlassen hatte, waren alle auf der Dienststelle wegen der Sturmwarnung wie aufgeschreckte Hühner herumgelaufen. Zwar betraf ihn das als Kommissar nicht, allerdings hatte die Erfahrung ihn gelehrt, dass so mancher sich außergewöhnliche Umstände zunutze machte, um seiner kriminellen Ader freien Lauf zu lassen. So konnte es gut sein, dass sie heute ein paar mehr Delikte verfolgen mussten als normal. Darüber hinaus war es wirklich ungemütlich hier draußen auf der Straße.

Auf dem kurzen Weg zurück in sein Büro überlegte Peter, ob er nach dem Dienst Anne aufsuchen sollte, um ihr ins Gewissen zu reden. Wenigstens drei Dinge sprachen jedoch dagegen: Anne war wegen Gisela derzeit nicht gut auf ihn zu sprechen, das hatte er erst Weihnachten wieder zu spüren bekommen – möglicherweise würde sie ihm also gar nicht zuhören. Darüber hinaus hatte Johannes ihn gebeten, sein Wissen in jedem Fall für sich zu behalten, und zudem waren er und Gisela heute Abend bei deren Eltern eingeladen. Er sollte nach Dienstschluss direkt dorthin kommen, und dann wollten sie gemeinsam die Hochzeitsplanung noch einmal durchgehen. Na ja, er konnte ja noch einmal darüber nachdenken, wenn er gleich bis zum Abend Dienst machte. Immerhin kannte er Anne mindestens ebenso gut wie Johannes und es ging um etwas immens Wichtiges. Gisela würde er dann eben sagen, er müsse Überstunden schieben …

»Es wird einmal die Stunde kommen, wo alles Gegenwart sein wird, was jetzt noch vage Zukunft ist, wo die Zeit selber von uns Rechenschaft fordern wird, was wir all die Jahre getan haben.«

(Carl von Ossietzky)

KAPITEL 3
FREITAG, 16. FEBRUAR 1962,
FRÜHER ABEND

Ein behutsames Klopfen an ihrer Zimmertür weckte Gisela. Zunächst hatte sie das Klopfen in ihren Traum eingebaut. Nachdem es sich dreimal wiederholt hatte, war langsam die Erkenntnis in sie hineingesickert, dass das Klopfen nicht von dem Hund in ihrem Traum stammte, der mit seinem wedelnden Schwanz im Stakkato gegen das Tischbein schlug, sondern in der Wirklichkeit stattfand.

Gisela hatte keine Lust aufzuwachen. Sie wollte noch weiter wohlig unter ihrer von der Großmutter gehäkelten warmen Decke auf dem Sofa liegen und träumen. Dennoch schlug sie jetzt die Augen auf, drehte ihren Kopf der Tür entgegen und entließ ihrer Kehle ein etwas lauteres »Hmmmm«. Sofort öffnete sich die Tür, und Monika steckte den Kopf herein. Schüchtern blickte die junge Haushaltshilfe Gisela an und sagte: »Ihre Mutter bat mich, Sie zu wecken. Sie möchten nach unten zu ihr kommen.«

Gisela verdrehte die Augen. Wenn sie nachmittags schlief und nicht von allein aufwachte, bekam sie schlechte Laune, und genau diese fühlte sie jetzt in sich hochsteigen. Und auf ihre Mutter hatte sie in diesem Moment auch absolut keine Lust. Sie wollte ihr sowieso nur wieder ihre Meinung aufdrängen, die Gisela ohnehin bereits kannte.

»Ich möchte oder ich soll?«, fragte Gisela scharf und blieb liegen. Sie wusste zwar, dass die Haushaltshilfe nur die Überbringerin der Nachricht war, dennoch ließ sie ihre sich bereits voll entfaltete schlechte Laune an ihr aus. Gegenüber der Mutter würde sie sich zusammenreißen, so wie immer schon, und sie brauchte ein Ventil. Darüber hinaus mochte sie Monika nicht. Das junge Mädchen war gerade einmal 17 Jahre alt und äußerst attraktiv. Und das Schlimmste war: Monika schien nicht einmal zu wissen, dass sie alle Männerblicke auf sich zog. Sie war vollkommen naiv in ihrer natürlichen Anmut. Sie präsentierte sich weder durch einen einstudierten Hüftschwung noch schminkte sie sich. Ganz anders als Gisela. Sie musste ordentlich nachhelfen, damit sie Beachtung bekam. Vor allem vom anderen Geschlecht. Schon als kleines Mädchen hatte sie an ihrem Vater geübt, den sie wunderbar becircen konnte, sodass er ihr keinen Wunsch abschlug, es sei denn, ihre Mutter kam ihr in die Quere. Ihre Mutter! Eine Schönheit, wie sie im Buche stand. Sie hatte Gisela schon immer merken lassen, dass sie sich für sie schämte. Im Gegensatz zu ihrer Mutter hatte Gisela dünnes, feines Haar, eine etwas zu groß geratene Nase, leichte X-Beine und trotz Gymnastik eine kräftige Figur. Selbst wenn sie auf Süßes verzichtete, nahm sie höchstens am Busen ab, aber nicht an ihren Oberschenkeln. Einmal hatte die Mutter ihr im Streit an den Kopf geworfen, Gisela sei im Krankenhaus ganz bestimmt vertauscht worden. Sie war damals noch ein kleines Mädchen gewesen, und sie hatten gestritten, weil Gisela sich geweigert hatte, ihre Gummistiefel anzuziehen. Gisela hatte diesen Ausspruch ihrer Mutter nie vergessen.

»Sie sollen«, sagte Monika jetzt leise und sah dabei auf den Fußboden.

»Sag ihr, ich komme gleich«, gab Gisela gereizt zurück und blieb demonstrativ liegen, obwohl sie inzwischen hellwach war. Erst nachdem das Hausmädchen die Tür zugezogen hatte und Gisela sie die Treppe nach unten eilen hörte, richtete sie sich auf ihrem Sofa auf. Sie hatte sich vorhin, nachdem sie vom Einkaufen für das Abendessen nach Hause gekommen war, einfach kurz zum Entspannen darauf gelegt und war dann eingeschlafen. Sie war noch immer müde. Der Abend zuvor bei Peter war lang geworden. Oder die Nacht kurz, dachte sie, während sie ihre Beine behäbig über die Sofakante schwang und aufstand. Ihr gegenüber stand ihr Spiegel, und er warf nicht gerade ein vorteilhaftes Bild von ihr zurück. Sie hatte nach wie vor das Kostüm an, das sie heute Morgen aus dem Kleiderschrank gezogen hatte. Ihr Rock hatte sich bis zu ihren Oberschenkeln hochgeschoben, und ihre Bluse war aus dem Bund herausgerutscht. Ihre Haare lagen eng an ihrem Kopf an, und ihre Wimperntusche war verschmiert. Bevor sie nach unten zu ihrer Mutter ging, würde sie sich erst einmal richten müssen.

Gisela gähnte. In ihrem Kopf schienen lauter winzig kleine Leute herumzuhämmern. Das taten sie schon den ganzen Tag lang, und selbst das kleine Nickerchen hatte sie nicht vertreiben können. Gestern hatte sie mit Peter ziemlich viel getrunken. Das war nicht unüblich, allerdings hatte sie vergessen, vor dem Zubettgehen ein Aspirin einzunehmen. Die Schmerztablette hätte zwar nicht die Müdigkeit vertrieben, dafür aber die Kopfschmerzen gar nicht erst aufkommen lassen. Sie hatte den Tipp von Peter bekommen. Gleich an dem Abend, an dem sie ihn kennengelernt hatte. Sie würde diesen Abend niemals vergessen. Es war im vergangenen Frühjahr gewesen, und sie hatte sich sofort in den schmucken Mann, den sie in wenigen Wochen – am 1. April, dem Jahrestag ihres Kennenlernens – heiraten würde, verliebt. Sie war mit ihrer Freundin Gerti auf der Reeperbahn im *Top Ten Club* gewesen. Der Klub war erst ungefähr ein halbes Jahr zuvor eröffnet worden und zog viele junge Leute an, die zuvor in den *Kaiserkeller* in der Großen Freiheit gegangen waren. An dem Abend im *Top Ten* trat Tony Sheridan auf, zu dessen neuartiger Beatmusik Gisela und Gerti bereits im *Kaiserkeller* bis in die frühen Morgenstunden getanzt hatten. Der britische Sänger wurde von Musikern aus seiner Heimat begleitet, Beatles nannte sich die junge Band, die mit Sheridan ordentlich Stimmung in den Klub brachten. Gisela hatte ausgelassen getanzt, genauso wie der junge Mann, den sie schon beim Betreten des *Top Ten* in einer Ecke hatte stehen sehen. Irgendwann hatten sie zusammen getanzt und noch später gemeinsam getrunken. Er hatte sich ihr als Peter Lüders vorgestellt, und sie hatten sich direkt für den nächsten Tag, einen Sonntag, zum späten Frühstück im *Alsterpavillon* am Jungfernstieg verabredet.

Sie waren beide noch etwas angeschlagen von der vergangenen Nacht im *Top Ten* gewesen und hatten deswegen nur jeder ein Kännchen Kaffee getrunken, essen ging noch nicht, bis auf das Aspirin, das Peter ihr mit einem wissenden Lächeln und dem Tipp der abendlichen Einnahme gereicht hatte. Sie schluckte die Tablette und den restlichen Kaffee, danach hatte es sie beide an die frische Luft gezogen. Bei ihrem

Spaziergang um die Binnenalster hatte Gisela sich bei
Peter wie selbstverständlich eingehakt. Durch den
Mantelstoff hatte sie seine Wärme gespürt, und spä-
testens da war es endgültig um sie geschehen gewesen:
Sie wollte diesen Mann. Für immer. Er war so ganz
anders als die Herren, die von ihrer Mutter regelmäßig zum Essen eingeladen wurden, um sie zu begut-
achten wie einen preisgekrönten Wein. Ach, ihre verdammte Mutter. Die wollte einen Schwiegersohn, der
nicht Gisela, sondern ihr aus der Hand fraß. So, wie
Giselas Vater es tat. Er war eine Marionette in Henriette Diekmanns Händen. Wie ihre Mutter das angestellt hatte, verstand Gisela nicht, und es war ihr auch
gleichgültig. Sie wusste nur zwei Dinge: Sie wollte so
schnell wie möglich ihren eigenen Hausstand gründen, um nicht mehr mit ihrer Mutter unter einem
Dach leben zu müssen. Und dafür brauchte sie einen
Ehemann. Allerdings keinen dieser blassen Männ-
chen ihrer Mutter, sondern einen, der, wie Gisela, das
Leben zu genießen wusste und ihrer Mutter Paroli
bot. Peter war so ein Mann. Er ging zielgerichtet seinen eigenen Weg, vergaß dabei jedoch nicht den Spaß.
Auch sie war so gestrickt. Unter der Woche arbeitete
sie seit ihrem Abschluss an der höheren Handels-
schule in der Baufirma ihres Vaters, und kaum hatte
sie die Bürotüren hinter sich geschlossen, ging es ihr
ums Amüsieren. Oft war das schon um die Mittags-

zeit, da sie sich als Tochter des Chefs einiges herausnehmen konnte. Seit Peter ihr den Antrag gemacht hatte, ging sie häufig gar nicht mehr ins Büro. Wozu auch? Bald war sie die Frau eines Kommissars und hatte zudem ein kleines Vermögen zur Verfügung, das ihre Eltern ihr am Tage nach der Hochzeit auszahlen würden. Ihr Großvater väterlicherseits hatte das kurz vor seinem Tode für sie, sein einziges Enkelkind, verfügt. Es war ihr Erbe, und dagegen konnte noch nicht einmal ihre Mutter angehen. Peter und sie hatten bereits Pläne mit dem Geld.

Gisela hatte sich noch nie etwas vorgemacht, und so wusste sie auch, dass es zu einem Großteil das Geld war, das Peter an ihr attraktiv fand. Wenn sie zusammen unterwegs waren, bemerkte sie die Blicke, die er anderen Frauen zuwarf, und auch sie selbst hatte schon an ihrem ersten Abend zu spüren bekommen, dass er kein Kostverächter war. Er hatte sie bereits im *Top Ten* in einer dunklen Ecke geküsst. Sie hatte es sich gern gefallen lassen und danach wie beiläufig ihren Vater erwähnt und womit dieser sein Geld verdiente. Daraufhin hatten sie sich für den folgenden Tag verabredet. Nach ihrer Runde um die Alster hatte Peter sie mit zu sich genommen. Dabei hatten sie festgestellt, dass sie nicht weit voneinander entfernt wohnten – sie in Harburg und er im angrenzenden Wilhelmsburg. Natürlich schickte es sich nicht für eine junge Frau, die Wohnung eines Junggesellen aufzusuchen. Doch sie lebte nach dem Motto »Wer nichts riskiert, der gewinnt auch nichts«. So hatte sie sich in seiner Wohnung auch nicht geziert und war noch an jenem ersten Sonntag in seinem Bett gelandet. Er war nicht ihr erster Mann, und so wusste sie, was zu tun ist, damit ihr Zusammensein auch für Peter etwas Besonderes war. Schon im Spätsommer machte er ihr seinen Antrag. Sie sagte sofort »Ja«, was keine Überraschung für Peter war, da sie zuvor immer wieder angedeutet hatte, dass sie gern Frau Lüders sein wollte. Ihre Eltern stellte sie vor vollendete Tatsachen, als sie Peter bald darauf bei seinem ersten Antritt als ihren Verlobten präsentierte. Ihr Vater freute sich ehrlich für sie, doch ihre Mutter machte lediglich gute Miene zum bösen Spiel. Gisela hatte es nicht anders erwartet, und seitdem ertrug sie stoisch die Sticheleien ihrer Mutter, Peter betreffend. Seine einfache Herkunft, seinen Polizistenberuf, durch den er nie so viel Geld verdienen würde, wie Gisela es von zu Hause aus gewohnt war, und selbst Peters gutes Aussehen nahm Henriette Diekmann zum Anlass, ihre Tochter zu verletzen, indem sie sich oft und gern selbst laut fragte, was ein gut aussehender Mann mit so einem grauen Entlein wie Gisela wollte. Gisela zeigte es nicht, aber das war das Einzige, womit ihre Mutter sie traf. Ihre Mutter! Nur noch knapp eineinhalb Monate, und dann würde Gisela wenigstens nicht mehr unter einem Dach mit ihr leben.

Die junge Frau strich sich den Rock glatt, ging sich mit den Fingern durch die Haare und plusterte sie auf diese Weise etwas auf. Dann fuhr sie mit ihrer Zeigefingerspitze unter ihre Augenlider und rieb die verschmierte Wimperntusche weg. Das musste reichen. Gleich würde sie sowieso noch kurz unter die Dusche springen und danach etwas Frisches anziehen und sich zurecht machen, bevor Peter zum gemeinsamen Abendessen vorbeikäme. Gisela gab sich einen innerlichen Ruck, um daraufhin ihr Zimmer zu verlassen und hinunter zu ihrer Mutter zu gehen.

*

Brrr, war das kalt. Anne Kretschmar hatte die Tür zu ihrem Laubenhaus aufgestoßen, die Einkaufstüten an die Seite gestellt und sich noch im Türrahmen ihr vom Schneeregen durchfeuchtetes Kopftuch abgebunden, das sie jetzt kurz und kräftig ausschüttelte. Nun waren die Überzieher dran, die sie geübt von ihren Schuhen streifte. Erst dann zog sie die Tür hinter sich zu und trat in ihr Zuhause ein, während sie aus ihrem Mantel schlüpfte. Doch es empfing sie nicht wie gewohnt eine angenehme Wärme. Hier drinnen erschien es ihr fast noch kälter als draußen, was sicherlich daran lag, dass sie sich eben noch bewegt und dabei schwer getragen hatte. Ein Blick zum Koksofen bestätigte ihre Befürchtung: Er war erloschen. Ihre Augen wanderten zum Schaukelstuhl, der in der Ecke des schummrigen Raumes stand. Auch dieser war leer. Sie horchte in die Laube hinein. Nur das Pfeifen des Sturms, der draußen tobte, und das stete Tröpfeln des harten Regens auf dem Wellblechdach waren zu hören. Oder doch nicht? Hatte sich da nicht eben auch ein Röcheln untergemischt? Ahnungsvoll trat Anne an den schweren Vorhang heran, der die Schlafstätte ihrer Mutter abgrenzte. Mit Schwung riss sie ihn beiseite und starrte auf das Bett. Ihre Augen mussten sich zunächst an die Dunkelheit, die in der provisorischen Kammer herrschte, gewöhnen. Wieder hörte sie dieses merkwürdige Röcheln. »Muttel?«, fragte sie leise in die Schwärze hinein, die sich langsam lichtete, und trat an das Bett ihrer Mutter heran. Sie erkannte die Umrisse der Bettwäsche, doch von ihrer Mutter war nichts zu sehen. Anne stutzte. Wenn ihre Mutter nicht im Schaukelstuhl saß oder in ihrem Bett war, konnte sie nur im kleinen Bad sein. Aber warum war der Ofen ausgegangen? Vor allem in der kalten Jahreszeit achteten sie akribisch darauf, dass er nicht erlosch, damit die Laube mit ihren dünnen Wänden nicht auskühlte. Kaum hatte Anne dies gedacht, fröstelte sie. War es ihrer Mutter nicht möglich gewesen zu heizen?

»Muttel?«, rief sie wieder. Dieses Mal lauter und voller Angst. Sie eilte zum Bad.

*

Seit seinem mittäglichen Treffen mit Johannes war Peter Lüders nicht mehr auf der Straße gewesen. Auf der Dienststelle war es chaotisch zugegangen, obwohl er als Kommissar nicht direkt von der Sturmflutwarnung betroffen gewesen war. Die Uniformierten waren alle in Bereitschaft gewesen und hatten immer wieder zu umgestürzten Bäumen, die die Straße versperrten, oder anderen durch den Sturm hervorgerufenen Schäden ausrücken müssen. Dabei hatte er nicht tatenlos zusehen wollen, und da er nichts Akutes auf dem Tisch gehabt hatte, hatte er sich zu den Bereitschaftskollegen gesetzt und das Telefon mitbedient, um Meldungen anzunehmen. Auf diese Weise hatte er das Gefühl gehabt, wenigstens ein bisschen unterstützen zu können. Außerdem hatte es ihn von seinem Gespräch mit Johannes abgelenkt.

Jetzt musste Peter sich sputen, wenn er nachher pünktlich bei seinen Schwiegereltern in spe sein wollte. Vorher wollte er allerdings noch einmal nach Hause, um kurz unter die Dusche zu springen und sich umzuziehen. Schlips und Kragen waren bei den Diekmanns Pflicht. Er hatte überhaupt keine Lust auf das heutige

Essen, so, wie er nie Lust auf Begegnungen mit Giselas Eltern hatte, doch es ließ sich nicht ändern. Noch nicht. Wenn er erst mit Gisela verheiratet war, würde er die Besuche bei ihren Eltern auf ein Minimum beschränken. Noch war es aber nicht soweit, und da hieß es, sich zusammenzureißen. Peter wusste sehr genau, dass er für Henriette Diekmann nicht der Wunschschwiegersohn war. Sie ließ ihn immer wieder spüren, dass sie sich für etwas Besseres hielt und ihre Tochter lieber an der Seite eines Unternehmersohnes gesehen hätte. Da half es auch nichts, dass er Beamter war. Darüber hinaus fühlte Peter Lüders sich von Giselas Mutter durchschaut, denn natürlich beruhte die Attraktivität seiner Verlobten auf deren finanziellem Hintergrund. Peter nahm an, dass auch Gisela dies wusste, sich jedoch nichts anmerken ließ. Nur Manfred Diekmann ahnte von alledem nichts. Er schien einfach nur froh zu sein, dass seine Tochter bald unter der Haube sein und damit die täglichen Streitereien zwischen den Frauen in seinem Haus ein Ende haben würden.

Der junge Kommissar war bei seinem Auto angekommen und hatte Schwierigkeiten beim Öffnen der Tür, da der Wind ordentlich dagegenhielt. Als er endlich eingestiegen war, fragte er sich, warum er überhaupt heute mit dem Auto zum Dienst gefahren war. Seine Wohnung lag nicht weit entfernt, und in der Regel ging er zu Fuß. Er musste an Johannes denken und wie niedergeschlagen sein bester Freund heute Mittag ihr Treffen verlassen hatte. Peter startete den Wagen und fuhr aus dem Parkplatz hinaus auf die breite Georg-Wilhelm-Straße. Einer Eingebung folgend bog er an der Kreuzung jedoch nicht in Richtung seiner Wohnung ab, sondern zur Laubenkolonie.

»Die Liebe ist kein Ding der Freiheit, der Reflexion, der Schul-Vernünftigkeit, sondern eine Naturmacht, ein Verhängnis im Herzen.«

(Bogumil Goltz)

KAPITEL 4
FREITAG, 16. FEBRUAR 1962, ABENDS

Als Johannes zur Mittagszeit nach Hause gekommen war, hatten seine Eltern in der Küche gesessen und gegessen. Das Esszimmer wurde nur zu besonderen Anlässen genutzt.

Der junge Mann hatte schon beim Betreten der Wohnung gerochen, dass es Gulasch gab. Gulasch gehörte zu einer seiner erklärten Lieblingsspeisen, und unter normalen Umständen hätte er sich sofort an den Tisch zu seinen Eltern gesellt. In diesem Augenblick hatte sich jedoch allein bei dem Geruch des deftigen Essens sein Magen umgedreht, und er hatte nur kurz ein »Hallo, ich bin's« in die Wohnung gerufen, um daraufhin schnell in seinem Zimmer zu verschwinden. Kaum hatte er sich dort auf sein Bett gelegt, hatte es auch schon an seiner Tür geklopft, und ohne auf ein »Herein« zu warten, war sie von seiner Mutter geöffnet worden.

»Was ist mit dir? Warum bist du schon hier und nicht bei der Arbeit? Ist es wegen des Sturms? Habt ihr früher frei bekommen? Oder bist du etwa krank?«, hatte sie sofort besorgt gefragt, war an das Bett herangetreten und hatte ihm ihre Hand auf die Stirn gelegt.

»Also Fieber hast du nicht«, hatte sie gleich darauf festgestellt, ihre Hand jedoch nicht weggezogen. Johannes war das unangenehm gewesen, er war schließlich kein Kind mehr.

»Ich bin früher von der Arbeit nach Hause gegangen. Hab mir irgendetwas eingefangen. Magen-Darm. Wahrscheinlich hab ich was Falsches gegessen«, hatte er gebrummt und sich von seiner Mutter weggedreht, sodass er ihr nicht mehr in die Augen schauen musste und seine Stirn auch nicht mehr unter ihrer Hand lag.

»Hat dein Unwohlsein vielleicht damit etwas zu tun, dass du heute Nacht nicht zu Hause geschlafen hast? Und wie siehst du überhaupt aus? Zieh dir wenigstens deine nasse Kleidung aus. Und dann schlaf ein bisschen. Seit du in der Bank angefangen hast, warst du noch nie krank. Das wird schon in Ordnung sein«, hatte sie bestimmt geantwortet, aber auf ihre Weise liebevoll.

Johannes hatte nichts dazu gesagt und sich zusammengerollt. Er hatte gewusst, dass seine Mutter recht hatte und er schnell aus seiner klammen Kleidung raus sollte, doch er hatte mit dem Aufstehen warten wollen, bis sie wieder aus dem Zimmer war. Tatsächlich hatte sie es nach ein paar Sekunden, in denen sie beide geschwiegen und er sich nicht weiter geregt hatte, verlassen und nicht weiter auf ihn eingeredet. Aber erst, nachdem sie einen betont langen Seufzer ausgestoßen hatte. Johannes wiederum hatte sich dann allerdings doch zu kraftlos gefühlt, um aufzustehen, und außerdem war es ihm gleichgültig gewesen, wenn er sich eine Erkältung zuzog. Eigentlich war ihm alles egal gewesen – so, wie schon den ganzen Tag. Er hatte an Anne denken müssen, und darüber musste er eingeschlafen sein.

Als er erwachte, knurrte sein Magen. Ob dies ihn geweckt hatte? Seine Übelkeit war jedenfalls verschwunden, doch essen wollte er noch immer nichts. Reiß dich zusammen, dachte er bei sich, es nützt ja sowieso nichts, Trübsal zu blasen, und das Leben geht weiter. Er rappelte sich auf und schlich durch den Flur ins Bad. Aus dem Wohnzimmer hörte er leises Gemurmel. Seine Eltern unterhielten sich. Obwohl er kein Wort verstehen konnte, konnte er sich denken, worüber sie sprachen: über ihn. Sonst wären die Stimmen nicht so gedämpft gewesen. Sicherlich mutmaßten sie, wie er die vergangene Nacht verbracht hatte. Oder vielmehr mit wem.

Johannes war froh, dass seine Mutter ihn vorhin nicht

danach gefragt hatte. Sie wünschte sich nichts sehnlicher als eine Schwiegertochter, und immer wieder war dies Thema im Hause der Beckers, da er und auch sein Bruder Helmut keine Anstalten machten, ein Mädchen mit nach Hause zu bringen. Warum das in der Vergangenheit bei ihm so gewesen war, wusste Johannes selbst nur allzu gut. Was mit Helmut war, konnte er nicht beurteilen, und es interessierte ihn auch nicht. Er und sein Bruder waren sich noch niemals nahe gewesen, und sie hatten keinen Kontakt zueinander, es sei denn, Helmut kam die Eltern besuchen und er war zufällig zu Hause.

Im Bad zog Johannes sich aus und ließ seine Kleidungsstücke achtlos auf den Boden fallen. Dann stieg er unter die Dusche. Das warme Nass fühlte sich gut auf der Haut an. Er legte seinen Kopf in den Nacken, schloss die Augen und hielt sein Gesicht in den Duschstrahl. Während ihm das Wasser und die Tränen über die Wangen liefen, fasste er einen Entschluss. Kurz darauf drehte er den Hahn ab, verließ die Dusche, und noch bevor er sich abtrocknete, hob er seine Hose vom Boden auf, griff in die Tasche und zog die kleine Schmuckschatulle heraus, in der der Ring für Anne lag.

*

Nachdem Anne ihre Mutter im Bad nicht vorgefunden und begriffen hatte, dass das Stöhnen vom Wind herrührte, der durch die Fensterritzen pfiff, hatte sie alle Nachbarn abgeklappert, doch auch das war ergebnislos geblieben. Niemand hatte etwas über den Verbleib ihrer Mutter gewusst. Als die junge Frau jetzt zu ihrer Laube zurückeilte, machte sie sich schwere Vorwürfe. Sie hatte sich in der letzten Zeit nicht gerade gut um ihre Mutter gekümmert, zu sehr war sie mit sich selbst beschäftigt gewesen. Wo konnte Muttel nur sein? Hätten sie doch bloß einen Telefonanschluss in ihrer Laube, dann könnte Anne jetzt telefonieren und bei den Beckers nachfragen, ob die etwas wussten oder Muttel vielleicht sogar dort war. Stattdessen verlor sie wertvolle Zeit um ihr Portemonnaie zu holen und zur nächsten Telefonzelle zu laufen. Und wenn dann die Beckers auch nichts über den Verbleib ihrer Mutter wussten, würde Anne direkt zur Polizei gehen. Oder nein, sie würde erst im Krankenhaus anrufen und dort nach Muttel fragen, denn deren Arzt hatte seine Praxis um diese Uhrzeit bereits geschlossen. Anne hoffte inständig, dass nichts Schlimmes passiert war und ihre Mutter bei den Beckers saß. In der letzten Zeit war das zwar so gut wie nicht mehr vorgekommen, da Gertrud Kretschmar kaum noch aus dem Bett gekommen war, doch früher war sie gern zu Besuch bei Renate Becker gewesen.

*

Während er sich frische Kleidung anzog, war Johannes selbst überrascht, wie schnell seine gedrückte Stimmung verschwunden und guter Laune gewichen war. Was so ein neu gefasster Entschluss doch in einem bewirken konnte! Eben hatten sich sogar seine Lippen zum Pfeifen seines aktuellen Lieblingsliedes gespitzt, doch er hatte es sich selbst untersagt, laut die Melodie von *Tanze mit mir in den Morgen* zum Besten zu geben. So summte er sie nur in seinem Kopf, während er sein Zimmer verließ, an die Garderobe herantrat und nach seinem Kleppermantel griff – bei dem Wetter hielt er diesen wasserundurchlässigen Mantel für besser als seinen baumwollenen, der sowieso noch feucht war. In diesem Moment läutete das Telefon auf der Anrichte. Gut gelaunt hob er ab, sodass es nur einmal geläutet hatte: »Becker hier.«

»Johannes, bist du das?«, drang Annes Stimme an sein Ohr, und sofort machte sein Herz einen Hüpfer. Hatte sie es sich anders überlegt? Rief sie ihn gerade an, um ihm zu sagen, dass sie seinen Antrag doch annehmen wollte? Immerhin hatte er sich gerade fertiggemacht, um sie aufzusuchen und zu bitten, sich noch einmal zu überlegen, ob sie nicht doch seine Frau werden wollte. Eigentlich glaubte er nicht an so etwas, aber gab es eventuell doch so etwas wie Gedankenübertragung? Johannes merkte, dass er wie ein Honigkuchenpferd grinste, aber Annes nächste Worte ernüchterten ihn sofort: »Ist

Muttel bei euch? Sie ist nicht zu Hause und hat auch keinen Zettel hinterlassen. Ich mach mir Sorgen. Hoffentlich ist nichts Schlimmes passiert. Du weißt ja, in letzter Zeit hat sie sich ziemlich schlecht gefühlt. Und ehrlich gesagt, war sie auch ein bisschen verwirrt …«

»Nein, ähm, ich weiß es nicht. Bleib dran. Ich frag kurz Mutti«, erwiderte Johannes und schluckte seine Enttäuschung hinunter. Jetzt war nicht der Moment, um über seine Liebe zu Anne nachzudenken. Gertrud Kretschmar könnte etwas passiert sein.

Er legte den Hörer neben den Apparat auf die Anrichte und ging die paar Schritte zum Wohnzimmer. Als er dort hineinblickte, kam er aus dem Staunen kaum heraus: In trauter Dreisamkeit saßen seine Eltern mit Annes Mutter auf dem Sofa. Alle drei starrten wie gebannt auf den flimmernden Bildschirm des Fernsehers, den er seinen Eltern im Sommer zum Hochzeitstag geschenkt hatte. Sie hatten sich schon lange so ein Gerät gewünscht, es sich jedoch nicht leisten wollen. Da Johannes ein wenig Geld übriggehabt hatte – der obligatorische Sommerurlaub mit Peter zum Wandern in Österreich war ausgefallen, weil sein Freund mit Gisela nach Italien gefahren war – hatte er seinen Eltern gern diese Freude gemacht, zumal auch er den Fernseher regelmäßig nutzte, um abends um 20 Uhr die *Tagesschau* zu sehen. Seine Eltern hingegen schalteten den Kasten, wie das Gerät bei ihnen hieß, in dem

Moment an, in dem die Sendezeit begann. Und dann lief er, bis das Testbild kam. Nicht jeden Abend, aber meist. Er hätte sich vorhin denken können, dass das Gemurmel aus dem Kasten gekommen war. Irgendwie erleichterte ihn der Gedanke, denn er mochte es nicht, wenn seine Eltern über ihn und sein Leben Vermutungen anstellten.

»Hallo«, sagte Johannes in den Raum hinein. Sein Vater reagierte darauf nicht, sondern fixierte weiter den Bildschirm. Seine Mutter und Gertrud Kretschmar wandten ihm jedoch ihre Köpfe zu.

»Guten Abend, Johannes«, erwiderte letztere seinen knappen Gruß und konzentrierte sich nahezu sofort wieder auf das bewegte Bild des Fernsehers. Sie sah dabei ziemlich zufrieden aus, wenn auch deutlich grau im Gesicht. Seine Mutter hingegen musterte ihn einen Moment wie schon vorhin, als er auf seinem Bett gelegen hatte.

»Hast du dich ein bisschen ausgeschlafen?«, fragte sie dann. »Geht es dir besser? Gleich kommt die *Tagesschau*, und dann läuft *Familie Hesselbach*. Komm setz dich zu uns, nimm den Sessel.«

Johannes ging gar nicht darauf ein. Stattdessen sagte er: »Anne ist am Telefon. Sie sucht dich, Gertrud. Sie weiß anscheinend nicht, dass du hier bist. Sie macht sich Sorgen.«

»Das muss sie nicht. Mir geht es gut«, antwortete

Annes Mutter, ohne ihren Blick vom Fernseher zu nehmen.

»Schön«, erwiderte Johannes, »was soll ich ihr sagen? Soll sie dich abholen kommen?«

»Gertrud bleibt heute Nacht hier«, schaltete sich seine Mutter ein. »In der Laube ist es zu kalt und zu nass – sie hustet sowieso schon. Und dann dieser fürchterliche Sturm. Anne soll mal schön drinnenbleiben und sich keine weiteren Sorgen machen.«

Johannes nickte und ging zurück ans Telefon. Er teilte Anne kurz und knapp mit, dass es ihrer Mutter gut ging und sie die Nacht bei den Beckers verbringen würde. Dann legte er auf. Er blieb noch einen Augenblick vor dem Telefon stehen. Sein Blick wanderte zu seinem Mantel, den er eben auf die Anrichte gelegt hatte. Er nahm ihn auf, zog ihn über, schlüpfte in seine Gummistiefel und verließ die Wohnung, ohne den drei älteren Herrschaften Bescheid zu geben.

*

Gisela ging gern ins Kino, aber Fernsehen mochte sie nicht. Das lag allerdings vor allem daran, dass das Fernsehgerät unten bei ihren Eltern im Wohnzimmer stand, wo ihre Mutter sich in der Regel aufhielt. Jetzt in diesem Moment dachte Gisela aber sowieso weder an Fernsehen noch an ihre Mutter. Sie dachte an ihren Verlobten.

Eigentlich hätte er um 19 Uhr zum Essen bei ihnen sein sollen. Um 18.15 Uhr hatte er jedoch von einer Telefonzelle aus angerufen – das hatte sie gehört, denn selbst durch die Ohrmuschel war das Pfeifen des Sturms auszumachen gewesen. Außerdem hatte er lauter gesprochen, fast schon geschrien, um gegen das Außengeräusch anzukommen. Er hatte ihr gesagt, er würde sich um eine halbe Stunde verspäten. Nicht mehr. Ohne Erklärung. Bevor sie etwas hatte erwidern oder nach dem Warum fragen können, hatte es in der Leitung geknackt, und er hatte aufgelegt. Sie hatte dann ihrer Mutter Bescheid gegeben, die nichts dazu gesagt, sondern nur ihre linke Augenbraue hochgezogen hatte, um ihren Missmut zu zeigen. Als Peter um 19.40 Uhr noch immer nicht da gewesen war, hatte die Mutter bestimmt, dass sie jetzt essen würden. Danach gefragt, hatte Gisela ihren Eltern erzählt, dass Peter durch den Sturm in der Dienststelle aufgehalten worden war. Ihre Mutter hatte wieder nur ihre Braue erhoben und gemeint, so sei das eben, wenn man sich mit einem Polizisten einließe, und dann hatten sie stillschweigend gegessen.

Jetzt, in ihrem Zimmer, war Gisela wütend. Auf ihre Mutter und auf Peter. Wieso brachte er sie in eine solche Lage? Er wusste genau, wie sehr sie es hasste, sich vor ihrer Mutter rechtfertigen zu müssen. Natürlich konnte es sein, dass der Sturm ihn aufgehalten hatte, aber im Grunde ihres Herzens glaubte sie nicht daran.

Selbst, wenn er vorher noch etwas anderes erledigt hatte und dann erst nach Hause gefahren war, um sich, wie es seine Art war, für das gemeinsame Essen frischzumachen, hätte er es schaffen können. Der Weg mit dem Auto von ihm zu ihnen nach Harburg dauerte höchstens eine Viertelstunde – vielleicht durch den Sturm eine halbe Stunde. Sie machte sich auch keine Sorgen, dass etwas passiert sein könnte. Irgendwie hielt sie Peter für unverwundbar. Aber was war es dann? Warum hatte er aus einer Zelle angerufen? Warum war Peter immer noch nicht hier? Bevor sie auf ihr Zimmer gegangen war, hatte sie bei ihm angerufen. Vergeblich. Er war nicht zu Hause. Oder war er es und hatte nur nicht abgehoben? Hatte er eine andere? Wollte er nicht mit ihr sprechen? Kam er nicht, weil er plötzlich kneifen wollte, und hatte vorhin am Telefon einfach nicht den Mut gehabt, das Essen abzusagen? Wollte er die Hochzeit abblasen und wusste nicht, wie er es ihr sagen sollte?

Gisela ging in ihrem Zimmer auf und ab. Um sich abzulenken, schaltete sie ihr *Minerva*-Kofferradio ein, das sie von ihren Eltern zu Weihnachten bekommen hatte, doch ihre Gedanken kreisten weiter um Peter. Möglicherweise hatte sie auch ihren kleinen Streit vom Vorabend unterschätzt. Nachdem Johannes gestern so fluchtartig Peters Wohnung verlassen hatte, hatte Peter ihr vorgeworfen, wenig sensibel gewesen zu sein. »Hast du denn nicht gemerkt, dass er mit mir allein sein wollte, weil ihn irgend etwas beschäftigt? Du hättest dich doch wenigstens kurz einmal in die Küche oder ins Schlafzimmer zurückziehen können! Stattdessen bist du hier in deinem Negligé sitzen geblieben und hast nach mehr Wein verlangt«, hatte er hinzugesetzt und sie genervt angeguckt.

Sie hatte ihm flapsig und bereits vom Wein angesäuselt entgegnet, dass er sie ja nur darum hätte bitten müssen und sich nicht so haben sollte. Dann war sie vom Sofa aufgestanden, hatte die Weinflasche gegriffen, war zu ihm getreten und hatte sich mit den Worten an ihn geschmiegt: »Lass uns doch jetzt ins Schlafzimmer gehen. Zusammen.«

Für einen Moment hatte er gezögert, doch als sie begonnen hatte, sein Hemd aufzuknöpfen, hatte er sie in den Arm genommen und sie ins Schlafzimmer gelotst. Dort waren sie bis heute Morgen geblieben. Er war nur einmal zwischendurch kurz aufgestanden, um einen weiteren Wein aus der Küche zu holen, die sie, wie den ersten, direkt aus der Flasche nach und nach leergetrunken hatten. Als sie ihn mit brummendem Kopf verlassen hatte, hatte er sie wie immer zum Abschied zärtlich geküsst, und sie hatte bis jetzt keinen weiteren Gedanken an ihre kleine Auseinandersetzung verschwendet. Fast hatte sie sie vergessen, doch jetzt nagte der Zweifel an ihr. Ach was, dachte sie dann, Peter ist nicht der nachtragende Typ.

Gisela ging weiter in ihrem Zimmer auf und ab. Dann fiel es ihr wie Schuppen von den Augen. Johannes! Ja natürlich, Peters Fernbleiben hatte etwas mit seinem besten Freund zu tun! Immerhin hatten die beiden sich heute Mittag getroffen, um allein reden zu können. Ohne dass sie zuhörte. Und Johannes hatte gestern wirklich ziemlich fertig ausgesehen. Hatte sie mit ihrer Vermutung falsch gelegen, und es ging gar nicht um eine Frau, die ihn so verwirrt hatte? Oder ging es um eine Frau, aber nicht um eine, an die Johannes sein Herz verloren hatte, sondern eine, die Peter neben ihr heimlich traf? Wenn Johannes davon erfahren hatte, wollte er bestimmt nicht mehr Peters Trauzeuge sein und hatte ihm abgesagt. Gisela mochte Johannes zwar nicht unbedingt, jedoch schätzte sie an ihm seine Prinzipien, und Untreue verstieß garantiert gegen Johannes' Grundsätze. Plötzlich war Gisela sich doch wieder hundertprozentig sicher, dass Peters Abwesenheit mit einer anderen Frau zu tun hatte. Sie brauchte Gewissheit, sonst würde sie noch verrückt werden. Die junge Frau eilte nach unten, nahm das dicke Telefonbuch aus der Anrichte und begann zu blättern. Sie brauchte nicht lange zu suchen und fand schnell die gewünschte Nummer. Dann nahm sie den Hörer vom Telefon und wählte. Bereits nach dem vierten Läuten nahm jemand den Hörer ab: »Becker.«

»Hallo, Frau Becker, sind Sie es? Hier ist Gisela, die Verlobte von Peter. Ich würde gern Johannes sprechen.«

»Ach, hallo, Fräulein Gisela. Johannes ist nicht da. Ich weiß auch nicht, wo er ist.«

»Ach so, na dann, vielen Dank, Frau Becker, und noch einen schönen Abend.«

Als sie aufgelegt hatte, dachte Gisela gar nicht weiter nach. Sie zog Mantel und Schuhe an, griff sich ihren Autoschlüssel und verließ, unbemerkt von ihren Eltern, das Haus. Oben in ihrem Zimmer schepperte weiter das Radio, aber sie konnte nicht mehr hören, dass der Sprecher um 20.33 Uhr die laufende Sendung unterbrach und die Bevölkerung vor einer schweren Sturmflut warnte. Doch selbst wenn, hätte die Nachricht die junge Frau nicht davon abgehalten, nach Wilhelmsburg zu ihrem Verlobten zu fahren. Im Radio wurde von einer Sturmflut für die gesamte Nordseeküste gesprochen und Hamburg nicht ausdrücklich genannt. Gisela hätte sich schlicht und ergreifend nicht angesprochen gefühlt.

»Mit Wut beginnt, mit Reue schließt der Zorn.«

(Publilius Syrus)

KAPITEL 5
FREITAG, 16. FEBRUAR 1962,
SPÄTER ABEND

Es war ein Mann, das konnte Johannes Becker an den Umrissen erkennen, doch um wen es sich handelte, sah er nicht. Der Mann war zu weit weg, es war zudem dunkel, und der durch den Sturm auf ihn einpeitschende Graupelschauer tat sein Übriges dazu. Johannes kniff seine Augen zusammen, um den Mann, der gerade die Laube von Anne in die entgegengesetzte Richtung verließ, zu fixieren. Irgendwie kam ihm der Schemen bekannt vor. Oder täuschte er sich? Er war verunsichert.

Ob »Er« es war? Der Mann, dessen Namen Johannes nicht kannte und der Anne geschwängert hatte? Hatte sie sich mit ihm verabredet, nachdem sie wusste, dass ihre Mutter bei den Beckers war, um ihm doch von dem Kind zu erzählen? Würden die beiden jetzt eine Familie gründen? Oder hatte der Mann Anne ohne Ankündigung aufgesucht, um sein Verhältnis mit ihr wieder aufzuwärmen? Hatten die beiden erneut zusammengefunden und waren wieder ein Paar? Aber warum ging der Mann dann jetzt? Lange konnte er nicht bei Anne gewesen sein, denn zwischen ihrem Telefonat aus der Telefonzelle und Johannes Ankunft in der Behelfsheimsiedlung war nicht viel Zeit vergangen. Oder hatte Anne den Kerl zum Teufel geschickt? Diese Fragen schwirrten in Johannes' Kopf herum, während er nun im Laufschritt die Laube ansteuerte.

Die Haustür war geschlossen, und er betätigte die Klingel.

»Verschwinde!«, hörte er Annes Stimme aus dem Inneren rufen. Erleichterung ergriff Johannes, da sie bestimmt nicht ihn meinte, sondern den Mann, der eben bei ihr gewesen war.

»Ich bin's«, rief er gegen den Sturm und die Haustür an. Als nichts geschah, rief er ein weiteres Mal, und jetzt noch lauter als zuvor: »Ich bin's, Johannes, alles in Ordnung mit dir?«

Als wieder nichts geschah, wurde Johannes unruhig. Hatte der Kerl Anne etwas angetan? Konnte sie die Tür nicht öffnen? Aber eben hatte sie doch zumindest noch gerufen. Gerade, als er noch einmal klingeln wollte, öffnete sich die Haustür. Eine zitternde und verweinte Anne stand vor ihm.

»Ist etwas mit Muttel?«, fragte sie und wischte sich die Tränen von den Wangen.

»Nein, deiner Mutter geht es gut, soweit ich das beurteilen kann. Sie hat mit meinen Eltern ferngesehen, als ich gegangen bin, und sah ganz zufrieden aus«, antwortete er, abwartend, ob sie ihn hineinbitten würde.

»Und warum bist du dann hier? Braucht sie noch ein paar Sachen, soll ich ihr etwas zusammensuchen und dir für sie mitgeben?«, fragte Anne verständnislos. Sie hatte sich wieder einigermaßen im Griff und zitterte nicht mehr, auch die Tränen waren versiegt.

»Ich ... ich bin deinetwegen hier«, gestand Johannes und fragte: »Darf ich reinkommen?«

»Johannes, bitte ... mir ... mir geht es nicht so gut und ... und ich packe gerade ein paar Sachen zusammen, die ich mitnehmen will«, erwiderte Anne, ohne den Türrahmen freizugeben.

In Johannes arbeitete es: Packte Anne ihre Sachen, weil sie demnächst allein nach Bayern gehen wollte, wie sie es ihm gestern gesagt hatte, oder suchte sie sie zusammen, weil sie nun doch mit dem Vater des Kindes zusammenzog? War der Mann eben also wirklich ihr ehemaliger Liebhaber gewesen? Hatten sich die beiden versöhnt? Aber warum hatte sie dann geweint und eben »Verschwinde« gerufen, als sie noch nicht wusste, dass es Johannes war, der geklingelt hatte? Wie er es auch drehte und wendete, unterm Strich betrachtet wollte Anne weggehen. Von ihm, Johannes, weggehen. Entweder in das über 800 Kilometer entfernte Bayern oder in die Arme des Mannes zurück, dessen Kind sie in sich trug. Johannes war, wie schon ein paar Male seit gestern, als würde ihm der Boden unter den Füßen weggezogen. Ihm wurde schwindelig, und er musste sich am Türrahmen abstützen, da er das Gefühl hatte, sonst zusammenzuklappen.

»Johannes, was ist mit dir? Geht es dir nicht gut?«, fragte Anne erschrocken.

»Ja. Nein. Ich weiß auch nicht«, brachte Johannes nur hervor.

Anne machte ein zerknirschtes Gesicht. »Ach, Mensch, da lass ich dich da auch draußen im Sturm stehen! Entschuldige bitte. Ich bin selbst ein wenig durcheinander. Das ist gerade alles etwas zu viel für mich. Komm doch rein. Ich muss dich sowieso etwas fragen«, sagte sie dann und gab die Tür frei. Kaum waren die Worte der jungen Frau an Johannes' Ohren gedrungen, fühlte er sich schon wieder ein wenig besser. Immerhin durfte er jetzt hinein zu ihr und konnte noch einmal mit ihr sprechen. Sie vielleicht von sich überzeugen …

»Komm, gib mir deinen Mantel«, sagte Anne und hielt ihm ihre ausgestreckten Hände entgegen. Er streifte seinen Kleppermantel ab, gab ihn ihr jedoch nicht, sondern hängte das durchnässte Kleidungsstück

106

über die Lehne eines Esstischstuhls. Sogleich bildete sich eine Pfütze um diesen auf dem Boden. Er warf Anne einen entschuldigenden Blick zu. Diese zuckte jedoch nur mit den Schultern und meinte: »Ich wisch das nachher weg, er ist ja sowieso tropfnass, und nach draußen können wir ihn nicht hängen. Der Sturm würde ihn sicher wegreißen. Im Garten ist auch schon alles Mögliche umgekippt oder davongeweht worden.«

Johannes nickte, trat an den Ofen heran, ging in die Hocke und wärmte sich. Ein kurzer Blick zuvor durch den Raum hatte ihm gezeigt, dass Anne tatsächlich packte. Jetzt starrte er auf die Ofenklappe, und sein Herz war dem Zerspringen nahe. Der große in der Ecke geöffnet liegende Koffer hatte ihm noch einmal vor Augen geführt, dass Anne es wirklich ernst meinte und von hier weg wollte.

»Du sagtest eben, du hast eine Frage an mich«, meinte Johannes, ohne seinen Blick vom Ofen abzuwenden. Für einen Moment trat Stille ein, dann fragte Anne: »Hast du mit jemandem über meinen … meinen Zustand gesprochen?«

»Nein«, log er sie an. Aber wozu sollte er Anne sagen, dass Peter Bescheid wusste. Über alles. Dass sie ein Kind von einem anderen Mann erwartete, dass sie seinen Heiratsantrag abgelehnt hatte und dass sie Hamburg verlassen wollte. Sofort beschlich Johannes ein schlechtes Gewissen. Er hatte Anne noch nie angelogen. Aber er hatte bisher auch noch niemals so sehr um ihre Freundschaft gefürchtet. Bestimmt wäre sie wütend auf ihn, wenn er ihr seinen Vertrauensbruch eingestehen würde. Und das war es ganz und gar nicht, was er in diesem Moment wollte. Im Gegenteil wünschte er, dass sie ihn liebte und sich ein Leben ohne ihn nicht vorstellen konnte.

»Bist du sicher?«, hakte sie nach.

»Natürlich bin ich mir sicher«, sagte er schärfer als gewollt, da er sich ertappt fühlte. Wusste Anne, dass er mit Peter gesprochen hatte? Hatte der Freund sein Wort gebrochen und mit ihr geredet?

»Auch nicht mit deinen Eltern, ich meine, wegen meiner Mutter, als Erklärung?«

Die Anspannung wich wie die Luft aus einem Luftballon von ihm, und fast hätte Johannes ein erleichtertes »Pfhhhh« ausgestoßen, doch er konnte sich gerade noch zurückhalten. Das meinte Anne also! Er wendete sich jetzt vom Ofen ab zu ihr hin und stand dabei auf. Er lächelte sie an, denn jetzt musste er nicht lügen: »Nein, das habe ich nicht. Ehrlich gesagt, habe ich sowieso noch nicht mit meinen Eltern über deine Mutter gesprochen.«

»Ach so«, runzelte Anne die Stirn, »ich dachte, deswegen ist sie heute bei euch. Ich wundere mich nämlich noch immer, warum sie mir keine Nachricht hinterlassen hat. Sonst hat sie mir immer einen Zettel hingelegt, wenn sie zu euch geht, oder mich dann im Büro von euch aus angerufen. Wobei, vielleicht hat sie angerufen. Ich hatte heute früh einen Arzttermin und bin erst später zur Arbeit. Kann sein, dass es vergessen wurde, mir auszurichten.«

»Ja, möglich«, stimmte Johannes ihr zu, obwohl er wusste, dass Gertrud Kretschmar höchstens nach Mittag bei seinen Eltern eingetroffen sein konnte, denn als er nach Hause gekommen war, war Annes Mutter noch nicht dagewesen. Obwohl, so ganz sicher war er sich da plötzlich doch nicht, schließlich hatte er bei seiner Ankunft in der Wohnung nicht in die Küche geschaut. Er war gleich in seinem Zimmer verschwunden. Aus dieser Überlegung heraus setzte er deswegen hinzu: »Kann sein, dass meine Mutter heute früh nach ihren Einkäufen für das Wochenende deine Mutter hier abgeholt hat. Das haben die beiden ja früher regelmäßig so gemacht. Auf jeden Fall wird das heute Zufall sein und hat nichts mit deinen Plänen zu tun. Wahrscheinlich allerdings mit dem Wetter. Mutti macht sich ja immer Sorgen um Gertrud und sagt schon länger, dass die Laube nichts für ihre Gesundheit ist. Na ja, und bei diesem Weltuntergang seit Tagen …«

»Hm«, machte Anne nachdenklich. »Vielleicht kommen die beiden ja selbst darauf, dass Muttel besser in eurer Wohnung aufgehoben ist. Deine Eltern haben ja auch beschlossen, dass sie bei euch schläft, und das ist bisher noch nie vorgekommen.«

Johannes sagte dazu nichts. Stattdessen trat er näher an Anne heran, streckte seine Arme aus und nahm ihre Hände in seine. Sie ließ es geschehen, was ihn ermutigte zu fragen: »Ist es dir wirklich ernst damit, hier alles aufzugeben? Ich habe es mir überlegt. Ich kann mir auch eine größere Wohnung von meinem Gehalt leisten. Eine für uns alle zusammen. Dich, mich, dein Baby und deine Mutter.«

Anne machte sich von ihm los und erwiderte: »Johannes, darüber haben wir doch schon gesprochen. Ich bin dir dankbar für dein Angebot, aber nein, ich kann nicht deine Frau werden.«

Johannes erstarrte. Dieses Mal war es nicht, als würde ihm der Boden unter den Füßen weggezogen. Ein anderes Gefühl stieg in ihm auf. Eines, dass er die ganze Zeit unterdrückt hatte und jetzt an die Oberfläche drang: blanke Wut.

*

Der Regen klatschte nur so auf sein Auto, und der Sturm tobte um ihn herum. Es war so laut, dass er kaum etwas verstanden hätte, wenn das Radio laufen würde. Plötzlich mischte sich jedoch ein weiteres Geräusch dazu, ein Rauschen, das nichts anderes bedeutete, als dass überschüssiges Wasser durch den Radkasten strömte. Außerdem heulte der Motor kurz auf, und seine Lenkung wurde schwächer. Verdammt, als hätte er nicht schon genug Ärger, jetzt auch noch das! Kaum hatte er dies gedacht, begann sein Wagen gefährlich die Straße entlangzuschlittern. Die Reifen hatten keine Haftung mehr, obwohl er nicht schnell gefahren war. Sie schwammen sozusagen auf der nassen Fahrbahn. Hätte er es nicht besser gewusst, hätte er versucht gegenzulenken. Glücklicherweise hatte er jedoch bereits in seiner Ausbildung gelernt, wie man sich bei Aquaplaning richtig verhielt. Darüber hinaus würden sowieso keine Lenkkräfte in diesem Moment auf die Straße übertragen werden. Hektisch kuppelte Peter Lüders deswegen seinen Wagen, wie er es gelernt hatte, aus, hielt angespannt das Lenkrad gerade und trat hart auf die Bremse, um die Achslast mehr auf die Vorderräder zu verteilen und auf diese Weise schneller Bodenhaftung wiederzugewinnen.

So ein Mist aber auch! Die Reifen fanden keinen Kontakt zur Straße, und der Wagen war jetzt bestimmt schon 20 Meter wie ein von einem Kind angeschubstes Spielzeugauto einfach weitergeglitten. Glücklicherweise war kein Auto vor ihm, auf das er aufprallen könnte. Zumindest sah er keines oder vielmehr keine Scheinwerfer durch die Dunkelheit und den unablässigen Regen leuchten. Die Gedanken wirbelten durch seinen Kopf. Wenigstens funktionierte das Gebläse und lief auf Hochtouren, sodass die Frontscheibe nicht beschlug. Er brauchte beide Hände am Steuer und hätte jetzt nicht noch an der Lüftung herumstellen oder gar an der Scheibe herumwischen können. Warum war er nur so dumm gewesen, sich ins Auto zu setzen? Wobei er heute Morgen natürlich noch nicht geahnt hatte, dass sich das Wetter so entwickeln würde. Peter hatte vielmehr angenommen, der Sturm würde sich legen und sich nicht zu diesem gewaltigen Orkan entwickeln. Wenn er auf seinen kleinen Abstecher verzichtet hätte, säße er jetzt vielleicht nicht wie eine Spielzeugfigur in diesem Spielzeugauto. Aber er hatte nicht anders gekonnt und vorbeifahren müssen. Ihm war danach gewesen, darum lohnte es sich jetzt auch nicht, mit dieser Entscheidung zu hadern. Sie lag sowieso in der Vergangenheit und ließ sich nicht mehr ändern. Plötzlich durchzuckte ein Blitz die Dunkelheit. Instinktiv begann er zu zählen, doch er kam noch nicht einmal bis zwei, als es schon donnerte. Das hieß, dass das Gewitter nur wenige 100 Meter vor ihm lag. Peter Lüders wäre nicht er selbst gewesen, wenn er jetzt in Panik verfallen wäre. Sein Auto schwamm zwar nahezu im Wasser, doch war es wiederum ein Blitzableiter, falls er dem Gewitter wirklich zu nahe kommen würde. Wieder blitzte es. Dieses Mal erschrak Peter heftig. Nicht wegen der unmittelbaren Nähe des

Gewitters, sondern weil er im Strahl des Blitzes einen Baum ausgemacht hatte, der mitten auf der Fahrbahn lag, und auf den er machtlos im Wagen sitzend zu rutschte. Während er sich zugleich fragte, ob er nicht doch etwas tun könnte, etwa aus dem Wagen zu springen, hoffte er, der Aufprall würde nicht zu stark sein. Im nächsten Augenblick knallte es bereits, und seine Schlitterpartie hatte ein jähes Ende. Es war kein heftiger Zusammenstoß gewesen, dennoch saß Peter einige Atemzüge lang benommen in seinem Auto, während es um ihn herum blitzte, donnerte und stürmte.

*

Gisela Diekmann hatte gerade wieder den Hörer auf die Gabel gelegt, als sie aus dem Treppenhaus schwere Schritte die Stufen hinaufkommen hörte. Das Haus hatte vier Stockwerke. Peters Wohnung befand sich im vierten Stock, sodass sie annehmen konnte, dass er es war, zumal sie wusste, dass seine Nachbarin, die alte Frau Griese von der Wohnung gegenüber, zu Hause war. Von ihr hatte sie sich eben Peters Zweitschlüssel geholt, um in seine Wohnung zu gelangen. Zuvor hatte sie bei ihm geklingelt, und da niemand geöffnet hatte, gewusst, dass er nicht da war. Außerdem hatte sein Wagen nicht vor der Tür gestanden. Warum sie in seine Wohnung gegangen war, wusste sie selbst nicht so genau, aber nun war sie es nun einmal und als sie sie tatsächlich verlassen vorgefunden hatte, hatte sie bei ihren Eltern angerufen. Da das Hausmädchen um diese Uhrzeit nicht mehr da war, hatte sie gehofft, ihr Vater würde abheben. Sie hatte keine große Lust gehabt, bei ihrer Mutter nachzufragen, ob Peter in der Zwischenzeit bei ihnen eingetroffen war, und schon gar nicht auf deren absehbarer Fragerei, warum Gisela überhaupt das Haus verlassen hatte, und das, ohne Bescheid zu geben. Gisela hatte Glück gehabt. Ihr Vater war ans Telefon gegangen. Als er seine Tochter am anderen Ende der Leitung hörte, brauchte sie gar nicht zu fragen, da ihr Vater ihr sofort erklärte, dass er erleichtert war, dass ihr bei diesem Sturm nichts geschehen sei und sie und Peter sich einen schönen Abend bei Peter machen sollten. Ihr Vater verlangte sogar von ihr, sich in der Nacht nicht mehr ins Auto zu setzen, sondern bei ihrem Verlobten zu bleiben »bis dieser verdammte Sturm« sich wieder gelegt hatte. Sie hatte dann nicht weiter nachgehakt, denn für sie war in diesem Moment klar gewesen, dass Peter nicht bei ihren Eltern auf der Couch saß und dort auf sie wartete. Gisela hatte einfach nur »Ja, ist gut, mach dir keine Sorgen, Papa« gesagt und aufgelegt.

Es war tatsächlich Peter, dessen Schritte sie im Treppenhaus gehört hatte, er musste es sein, denn jetzt steckte jemand von außen einen Schlüssel in das

Schloss. Schnell huschte sie in die kleine Abstellkammer, die vom Flur abging. Peter durfte sie nicht entdecken. Obwohl sie ihn erst neulich darum gebeten hatte, hatte er ihr seinen Wohnungsschlüssel nicht gegeben. Er hatte ihr erklärt, er hätte keinen dritten Ersatzschlüssel und seiner Nachbarin wolle er den Schlüssel nicht wieder wegnehmen. Er fände es einfach gut zu wissen, dass jemand im Haus seine Wohnung aufsperren konnte, falls er sich einmal ausschließen würde. Auf diese Weise hatte sie auch von dem Schlüssel bei Frau Griese erfahren, den sie sich eben geholt hatte. Bei dem Gedanken daran fluchte sie innerlich. Sie hatte die alte Griese nicht bedacht. So ein Mist! Warum fiel ihr das jetzt erst ein? Wenn Peter irgendwann mit seiner Nachbarin sprach, würde diese vielleicht von Gisela und dem Ausleihen des Schlüssels erzählen. Vielleicht sollte sie doch aus der Kammer gehen, ihn umarmen und so tun, als sei ihre Anwesenheit in seiner Wohnung völlig in Ordnung. Und wenn er dann sicherlich fragte, wie sie hereingekommen wäre und was sie hier machte, könnte sie ihm sagen, sie hätte sich Sorgen um ihn gemacht und sich deswegen den Schlüssel geholt. Ein wenig stimmte das ja auch, aber eben nur ein wenig, und genau das würde er wissen. Er machte sich sowieso schon immer lustig über ihre Eifersucht und würde annehmen, sie spioniere ihm hinterher. Was sie schließlich auch tat. Wieso sonst hatte sie ihren VW-Käfer, einer Eingebung folgend, nicht wie sonst vor seiner Tür geparkt, sondern eine Straße weiter? Sie war klatschnass geworden, doch es hatte ihr nichts ausgemacht. Jetzt, in der Kammer überlegte sie jedoch, ob sie schmutzige Fußabdrücke im Flur hinterlassen hatte. Ihren Mantel hatte sie genau wie ihre Schuhe noch an, da sie, kaum in der Wohnung, erst einmal zu Hause angerufen hatte.

Gisela hatte die Tür der Kammer einen kleinen Spalt offenstehen lassen und horchte nun angestrengt nach den Geräuschen, die Peter in der Wohnung machte. Anscheinend war er in sein Schlafzimmer gegangen. Auf jeden Fall klappten Kleiderschranktüren erst auf, dann wieder zu. Ob sie schnell aus der Kammer und zur Wohnungstür hinausschlüpfen sollte? Sie könnte sich dann einfach davor stellen und klingeln.

Gisela überlegte zu lange. Peter kam wieder in den Flur zurück. Irgendwo blieb er dort stehen. Sie hielt den Atem an und versuchte, durch den Spalt zu plieren. Ihr Verlobter stand am Telefon. Er hatte den Hörer am Ohr und wählte. Kaum hatte er dies getan, legte er auch schon eine Hand auf die Gabel, ließ sie einige Male im Stakkato auf und nieder schnellen, als ob er morsen würde, und wählte daraufhin ein weiteres Mal. Allem Anschein nach wieder ergebnislos, denn kurz darauf legte er den Hörer auf den Apparat zurück und stieß einen kurzen Fluch aus: »Zum Teufel, dann eben nicht.«

Er schlüpfte in seine schweren schwarzen Arbeitsstiefel, die er aufgrund des Wetters schon ein paar Tage neben der Garderobe stehen hatte und anzog, wenn er abends noch einmal schnell Zigaretten holte, stülpte sich seinen Anorak über seinen dicken Troyer und setzte eine Wollmütze auf den Kopf. Dann drehte er sich um und sah direkt zur Kammer. Gisela schreckte zurück. Hatte er sie durch den Spalt gesehen? Sie konnte erkennen, wie er die Stirn runzelte. Zu ihrer Erleichterung wendete er sich aber wieder ab und verließ seine Wohnung, die er erst vor fünf Minuten betreten hatte.

Gisela wartete noch einen Moment ab, ob er zurückkam, doch als nichts weiter geschah, trat sie aus der Abstellkammer heraus. Zuerst lief sie an das große Wohnzimmerfenster, schob die Gardine ein Stückchen auseinander und schaute auf die Straße. Tatsächlich sah sie Peter, wie er, mühsam gegen den Sturm gebeugt, den Weg entlang zur Hauptstraße stapfte – Zigaretten wollte er anscheinend nicht holen, der Automat stand schräg gegenüber auf der anderen Straßenseite. Sie lief zurück in den Flur zum Telefon, hob den Hörer ab und horchte hinein. Sie hörte es nur Rauschen. Gisela wählte die Nummer zu ihrem eigenen Büroanschluss, weil sie aufgrund von Peters Reaktion vermutete, dass das Telefon nicht ging. Und richtig. Kaum hatte sie gewählt, dröhnte ihr ein langer Besetztton aus dem Hörer entgegen. Das Netz war also entweder überlastet, oder Leitungen waren ausgefallen. Eine Folge des Sturms. Ob Peter versucht hatte, bei ihr anzurufen und sich jetzt zu Fuß auf dem Weg zu ihr machte? Nur warum war er dann in die entgegengesetzte Richtung gegangen?

Eilig knöpfte sie sich ihren Mantel zu, klaubte Peters Wohnungsschlüssel aus ihrer Tasche, schloss die Eingangstür auf, die er gerade wie immer zweimal zugeschlossen hatte, verließ die Wohnung und verschloss die Tür ebenfalls zweimal. Dann sprang sie die Stufen geschwind hinunter. Das hatte Peter aller Wahrscheinlichkeit nach nicht getan.

*

Anne war überhaupt nicht wohl in ihrer Haut. Was war bloß in Johannes gefahren? Eben, als er von einer gemeinsamen Wohnung für sie, ihre Mutter, ihr Baby und sich selbst gesprochen hatte, war ihr mit einem Schlag klar geworden, dass er ihr nicht einfach in ihrer misslichen Lage helfen wollte, wie sie es noch gestern angenommen hatte, als er schüchtern seinen Heiratsantrag vorgetragen hatte. Nein, er liebte sie wirklich! Damit hatte sie im Leben nicht gerechnet, denn für sie selbst war Johannes immer nur ihr liebster und bester Freund gewesen. Nicht mehr und nicht weniger. Noch keine Sekunde hatte sie sich jemals körperlich zu ihm hingezogen gefühlt. Dafür zu einem anderen, obwohl sie sich lange gegen ihre Gefühle und seine Avancen gewehrt hatte. Sie schluckte und verspürte Mitleid mit Johannes.

Lieben tat weh. Manchmal vor Sehnsucht, aber vor allem, wenn es der falsche Mensch für einen war. Das hatte sie bei dem Vater ihres Kindes von vornherein gewusst, aber sie hatte sich dennoch auf ihn eingelassen. Er hatte ihr massiv den Hof gemacht, und irgendwann war sie schwach geworden. Dann hatte er sie jedoch wieder verlassen, und sie war ihm nicht hinterher gelaufen. Ein paar Wochen später hatte sie schließlich erfahren, dass sie schwanger war. Sie hatte ihn nicht informiert. Das hatte ihr Stolz nicht zugelassen. Als er vorhin bei ihr gewesen war, hatte er bemerkt, dass sie packte und da hatte sie ihm ohne nachzudenken aus Wut und Traurigkeit heraus doch die Tatsache, dass er Vater werden würde, ins Gesicht geschleudert. Er hatte nur dagestanden, sie von oben herab gemustert und gefragt: »Bist du dir sicher, dass ich es war? Vielleicht war es ja auch dein bester Freund, oder willst du mir weismachen, zwischen euch ist nie etwas gelaufen?«

Sie hatte ihn kurzerhand aus der Laube geschmissen. Dann war sie zusammengebrochen und hatte geweint wie niemals zuvor. Und nun saß Johannes hier und wollte sie zur Frau! Wie absurd war das doch alles? Wenn sie könnte, würde sie die Uhr zurückdrehen.

Sie stand jetzt am Herd mit dem Rücken zu ihm und kochte Wasser für einen Tee. Der Teekessel war unlängst kaputtgegangen, und sie musste einen Topf verwenden, was sie in diesem Moment nicht schlimm fand. Sie war froh, sich auf das Wasser konzentrieren zu müssen, damit es nicht übersprudelte und den Herd unter Wasser setzte, denn sie wollte Johannes nicht anblicken. Eben hatte er sie mit einem Blick fixiert und auf sie reagiert, wie noch nie zuvor, dabei dachte Anne, sie kannte ihren Jugendfreund in- und auswendig. Weinend, lachend, traurig, in sich gekehrt, deprimiert, strahlend, glücklich, aber aggressiv hatte sie ihn noch nicht erlebt. Einen Augenblick lang hatte sie tatsächlich Angst vor ihm verspürt.

Nachdem er das mit der gemeinsamen Wohnung vorgeschlagen und sie ihm ein weiteres Mal gesagt hatte, dass sie nicht seine Frau werden konnte, hatte er sie erst angestarrt, als hätte er nicht richtig verstanden. Er hatte sie abermals an den Händen genommen. Dieses Mal nicht zurückhaltend und sanft. Er hatte sie regelrecht gepackt und dann hatte er sie fest an sich gezogen. Dabei war es wütend aus ihm herausgezischt: »Warum nicht? Kannst du nicht oder willst du nicht?

Hast du mich eigentlich jemals als Mann gesehen? Soll ich dir zeigen, dass ich einer bin? Treibst du es wieder mit diesem anderen Kerl? Ich habe ihn eben von dir weggehen sehen. Willst du gar nicht allein nach München? Willst du mit ihm weg und deine Mutter bei uns abschieben?«

»Was ist denn in dich gefahren?«, hatte sie ebenfalls wütend erwidert und versucht, sich loszumachen, doch er hatte sie noch fester gehalten.

»Johannes, was soll das? Du tust mir weh«, hatte sie versucht, ihre Hände aus seinen zu ziehen. Dabei hatte sie ihm direkt in die Augen gesehen, und dann hatte er sie abrupt losgelassen, war zurückgetaumelt und hatte sich auf einen der Stühle gesetzt.

»Es tut mir leid«, hatte er gemurmelt, »Ich wollte dir nicht wehtun, es ist nur ...«

Anne hatte ihn schnell unterbrochen. Sie wollte nicht hören, dass er sie liebte. »Möchtest du einen Tee? Komm, ich mach uns schnell einen. Das wird uns beiden guttun«, und beruhigen, hatte sie gedacht, es aber nicht ausgesprochen. Johannes hatte genickt, und sie war an den Herd gegangen.

Das Wasser begann zu kochen, und sie nahm den Topf vom Herd. Genau in diesem Moment heulte der Sturm auf, dann gab es einen lauten Knall, und Anne ließ vor Schreck den Kochtopf fallen. Sie sprang beiseite, dennoch spritzte das heiße Wasser gegen ihre

Unterschenkel, und Schmerz durchfuhr sie. Sie hatte sich ihre Waden verbrüht.

»Au«, entfuhr es ihr und sie rieb sich die schmerzenden Stellen. Zum Glück hatte sie vorhin, als sie nach Hause gekommen war, ihre Strumpfhose durch eine lange Tweedhose getauscht, sodass sie keine ernsthaften Verbrennungen erlitten hatte.

»Hast du dir was getan, zeig mal her«, war Johannes sofort bestürzt aufgesprungen und vor ihr auf die Knie gegangen. Jetzt nestelte er an ihrem rechten Hosenbein herum, um es hochzuschieben. Anne war das unangenehm. Vor allem nach der Szene eben. Sie trat einen Schritt beiseite und sagte: »Ist schon gut, ich habe mich nur erschrocken. Aber was war dieser laute Knall? Er kam direkt von oben.«

Beide schauten spontan an die Decke, und Annes erster Gedanke war: Auch das noch! Über ihnen hatte sich ein feuchter Fleck gebildet, der sich zwar langsam, aber stetig ausbreitete.

»Oh nein, da scheint sich eine Dachpfanne gelöst zu haben. Wahrscheinlich ist ein Baum auf die Laube gefallen«, kommentierte Johannes das Bild, das sich ihnen bot. »Ich geh mal nachschauen.«

Johannes stand auf, zog sich seinen Mantel über, nahm sich seine Stiefel und trug sie zur Hintertür. Dort stieg er in sie hinein, und verschwand nach draußen in den Garten.

Annes Herz klopfte schneller. Ein Schaden am Dach hatte ihr gerade noch gefehlt. Nicht wegen des Sturms, der draußen tobte, sie war sich nicht sicher, ob sie dagegen versichert war. Sie hatte die Pacht für die Laube bereits zum Ende des Monats gekündigt, und wenn sie diese dann übergab, musste alles instandgesetzt sein. Wie sollte sie sich das leisten? Sie sah wieder empor, und dann hörte sie es auf dem Dach rumoren. Hoffentlich konnte Johannes das Leck stopfen. Kurzentschlossen zog sie auch ihren Mantel und ihre Stiefel an und nahm denselben Weg hinaus wie zuvor Johannes.

Ein dicker Ast lag mitten im kleinen Garten. Sie nahm an, dass er der Übeltäter war und von der Birke, die auf dem Nachbargrundstück stand, abgebrochen und direkt auf ihr Dach und dann herunter auf den Boden gefallen war. An der Laube stand eine Leiter gelehnt. Anne blickte hoch und sah Johannes auf dem Dach herumwerkeln. Dabei hatte er Mühe, sich dort oben zu halten, der Sturm tobte um ihn herum.

Die junge Frau hielt sich die Hände wie ein Megafon vor den Mund und rief: »Ist es sehr schlimm?«

Johannes blickte zu ihr herunter und rief ebenfalls etwas, doch der Orkan verschluckte seine Worte, und sie konnte ihn nicht verstehen. Noch einmal rief sie hoch: »Was? Ich habe dich nicht verstanden.« Johannes erwiderte nichts. Er schien sie nicht gehört zu haben. Dafür knackte die Birke ein weiteres Mal unheilvoll.

»Johannes, pass auf«, rief Anne. Dieses Mal reagierte er. Ob wegen ihres Rufens oder des Knackens, konnte Anne nicht sagen. Und es war auch egal, denn Johannes krabbelte auf dem Dach zur Leiter und stieg herunter. Die Leiter wackelte gefährlich durch die Böen, sodass Anne sie festhielt. Die letzten Stufen sprang Johannes herunter, und dann krachte ein weiterer dicker Ast auf Annes Laube. Er rutschte nicht herab, sondern blieb oben liegen.

Johannes griff Anne wortlos am Arm und zog sie ins Häuschen hinein. In der Decke prangte jetzt ein Loch, durch das unablässig der Regen durchplätscherte. Es hatte sich bereits eine Lache auf dem Boden gebildet. Anne handelte sofort. Sie lief an den Küchenschrank, aus dem sie einen großen Topf holte, um das Wasser darin aufzufangen. »Das bringt nichts«, meinte Johannes, der plötzlich neben ihr stand und sie wieder am Arm fasste, hektisch. »Wir müssen hier raus. Komm. Das Dach bricht unter diesen Massen gleich ein!«

Als hätte er es herbeigerufen, riss in dieser Sekunde das Loch in der Decke weiter auf, und geborstenes Holz fiel herunter. Der dicke Birkenast rutschte nach, blieb jedoch stecken, sodass er wie ein Kronleuchter an der Decke baumelte. Wieder knackte es. Das Loch hatte sich noch mehr vergrößert. Fassungslos starrte Anne nach oben, und dann traf sie der Ast hart am Kopf. Ihr wurde schwummerig, und sie sackte in sich zusammen. Benommen merkte sie, wie sie hochgehoben wurde. »Ich bring dich hier raus. In Sicherheit«, hörte sie die Stimme von Johannes wie durch eine dicke Watteschicht flüstern. Sie spürte Kälte und den Wind auf ihrem Gesicht. Es war, als würde sie durch den harten Regen schweben. Irgendwo jaulte ein Martinshorn. Und dann war da nur noch Schwärze, und die Geräusche erloschen.

»Angst ist unerträglicher als der Schmerz; die Angst
schärft die Empfindungen, während der Schmerz sie
abstumpft.«

(Carmen Sylva)

KAPITEL 6
FREITAG, 16. FEBRUAR 1962, GEGEN 22 UHR

Familie Hesselbach war schon eine Weile zu Ende, und ihr Mann lag bereits im Bett und schnarchte. Magda war überhaupt nicht müde. Sie hatte Kopfschmerzen. Das Wetter machte ihr zu schaffen. Jetzt stand sie am Fenster und sah dem Treiben auf der Straße zu: Vor ihrem Haus war ein Baum umgestürzt, und die Feuerwehr war gerade dabei, ihn zu zerteilen und wegzuschaffen. Wie konnte Rainer bei diesem Tohuwabohu da draußen nur so seelenruhig schlafen?

Magda ging zum Schlafzimmer und betrachtete ihren Mann von der Tür aus. Nur der Lichtschein aus dem Flur erhellte den Raum. Sie hatte widersprüchliche Gefühle. Sicher, Rainer sah nicht schlecht aus, war ihr treu ergeben, und vor allem verdiente er gutes Geld, sodass sie zu Hause bleiben konnte. Er wünschte sich nichts sehnlicher als einen Sohn von ihr, aber sie war froh, bisher noch nicht schwanger geworden zu sein. Sie wollte kein Kind, dass sie ihrer Freiheit beraubte. Nicht von Rainer. Dafür tat sie aber auch einiges, ohne dass er es merkte. Bis vor einem Jahr hatte sie auf ihren Körper gehorcht und wenn sie meinte, empfängnisbereit zu sein, Müdigkeit, Kopfschmerzen oder auch manchmal eine Blasenentzündung vorgetäuscht, um Rainer auf Abstand zu halten. In den anderen Zeiten, in denen er sich über sie hergemacht hatte, hatte sie jedes Mal hinterher schnell das Bad aufgesucht, um sich ausgiebig zu waschen. Seit einigen Monaten nahm sie Anovlar, eine Pille, die Schwangerschaften verhinderte. Diese sogenannte und bereits in den USA länger eingesetzte »Antibaby-Pille« gab es seit Juni letzten Jahres in Deutschland, und Magda hatte bereits im Juli bei ihrem Arzt darum gebeten. Sie hatte ihm nicht gesagt, dass sie auf diese Weise verhüten wollte, sondern über starke Menstruationsbeschwerden geklagt. Wahrscheinlich kannte ihr Arzt den wahren Grund, denn er hatte sie kaum untersucht und ihr das Rezept, ohne weitere Fragen zu stellen, ausgeschrieben. Sie nahm an, er war froh über ihre Lüge gewesen – Anovlar durfte offiziell nur als Medikament gegen Regelschmerzen verschrieben werden. Und auch nur an verheiratete Frauen. Hier hatte sie nicht lügen müssen, das war sie schließlich. Gerade heute war sie wieder bei ihrem Arzt gewesen und hatte sich ein neues Rezept geholt.

Plötzlich verspürte Magda Lust. Nicht auf ihren Mann. Einfach nur Lust. Sie musste an Peter denken. Ob er mit seiner Verlobten zusammen war? Ein Stich der Eifersucht durchfuhr sie. Ihr fiel ein, dass heute Freitag war. Früher war Peter am letzten Tag der Arbeitswoche oft in der Kneipe bei der Kolonie anzutreffen gewesen. Alle, die in den Lauben groß geworden waren, waren häufig dort hingegangen, ganz gleich, wo sie später wohnten. Peter war jedoch der regelmäßigste Gast von ihnen, nicht nur freitags. Zumindest, bevor er seine Gisela kennengelernt hatte.

Magda wandte sich von ihrem schlafenden Ehemann ab. Er würde es gar nicht mitbekommen, wenn sie jetzt die Wohnung verließ. Und wenn er morgen früh wach wurde, war sie längst wieder zu Hause. Warum also nicht?, dachte Magda, und vielleicht hatte sie ja Glück und traf auf Peter. Selbst wenn nicht, könnte sie ein bisschen Spaß haben. Sie musste ja nicht gleich aufs Ganze gehen, aber ein wenig Ablenkung von ihrem Alltagstrott würde sicherlich ihre Stimmung heben. Wahrscheinlich hatte das unwirtliche Wetter sogar dafür gesorgt, einige mehr Menschen in die Kneipe zu spülen …

Magdas Kopfschmerzen waren wie weggeblasen, als sie wenige Minuten später auf der Straße stand und sich

anschickte, sich durch den Sturm in Richtung Laubenkolonie aufzumachen. Der Weg dorthin war beschwer-
lich. Gegen die Kälte und Nässe hatte Magda sich ent-
sprechend angezogen, doch dass der Sturm so heftig
war, damit hatte sie nicht gerechnet. Sie musste sich
einige Male an einem Laternenmast festklammern, um
nicht von einer starken Böe mitgerissen zu werden.
Dennoch setzte sie ihren Weg zielstrebig fort. Magda
hatte etwas vor und würde sich auch nicht von der
Natur abhalten lassen.

*

Annes Kopf war schwer und dröhnte. Ihr war kalt.
Davon war sie aufgewacht. Sicherlich war der Ofen
ausgegangen. Sie musste ihn unbedingt anheizen,
denn wenn ihr kalt war, dann ging es Muttel in ihrem
Bett ebenso, und das war nicht gut bei deren Gesund-
heitszustand.

Anne wollte ihre Augen öffnen, aber sie war einfach zu müde. Außerdem schmerzten ihre Glieder.
Ihre Matratze fühlte sich härter an als sonst. Fast so,
als würde sie auf dem Boden liegen, aber sie hatte
keine Kraft, sich darüber jetzt Gedanken zu machen.
Ob sie sich eine Grippe eingefangen hatte? Bei dem
Wetter, das seit Tagen herrschte, wäre das kein Wunder. Gleich, sagte sie sich, gleich stehe ich auf. Und

dann sackte sie wieder weg in eine dunkle, traum-
lose Welt.

*

»Noch einen!«, orderte Peter und starrte auf den Bildschirm, der in einer Ecke neben dem Tresen stand. Um
ihn herum hatten die Leute ihre Gespräche wieder aufgenommen. Nur wenige hatten die Kneipe verlassen,
um sich durch den Sturm nach Hause zu kämpfen und
dort nach dem Rechten zu sehen, wie ob die Dach-
pappe oder -ziegel hielten oder auch die dünnen Fenster. Er selbst musste das nicht tun. Seine Wohnung lag
mitten in Wilhelmsburg in einem gut gebauten Haus
aus der Jahrhundertwende im vierten Stock. Zudem
war es zur Miete und nicht seine Sorge, wenn doch
etwas kaputtging. Seine Eltern, die bis zuletzt in der
Laubenkolonie gewohnt hatten, waren bereits verstorben, und weitere Verwandtschaft hatte er sonst nicht.
  Der Wirt schenkte Peter einen weiteren Kurzen ein,
den dieser sofort nahm und kippte. In seiner Kehle
brannte es angenehm warm, während der Korn sie
hinunterfloss. Vorhin, nach der *Tagesschau*, hatten sie
kurz eine Sturmflutwarnung gesendet. Jetzt lief im
Fernsehen wieder das normale Programm, während
draußen das Wetter weiter verrückt spielte. Hin und
wieder wurde das Innere der Kneipe in blaues Licht

getaucht, wenn vor den Fenstern Feuerwehr oder Polizei vorbeifuhr, aber Peter war mit seinen Gedanken woanders. Bisher hatte er das Näherrücken seiner bevorstehenden Heirat mit Gisela gut verdrängen können. Doch schon heute Vormittag, nachdem er sich von Johannes getrennt hatte, hatte er sich immer wieder gefragt, ob er diesen Schritt wirklich machen wollte. Gisela Diekmann war alles andere als die Frau, die Peter sich als Mutter seiner Kinder früher vorgestellt hatte. Sie dachte nur an sich, trank und rauchte wie ein Mann, hatte sich ziemlich schnell von ihm verführen lassen und war in ihrer lauten Art leicht vulgär. Außerdem sah sie nicht so aus wie die Frauen, die es ihm normalerweise antaten, wobei er für eine nette kleine Affäre nie wählerisch gewesen war. Deswegen hatte er sich auch damals im *Top Ten* auf Gisela eingelassen. Als er dann jedoch erfahren hatte, aus was für einem Stall sie kam, hatte sie plötzlich äußerst attraktiv auf ihn gewirkt, und er hatte alles gegeben, der Mann ihrer Träume zu werden. Geld stinkt eben nicht. Das hatte er zumindest gedacht. In der letzten Zeit waren Peter jedoch Zweifel gekommen. Schließlich ging es ihm gut mit seinem Gehalt. Vielleicht würde er niemals richtig große Sprünge machen können, aber er hatte es geschafft, aus der Laubenkolonie rauszukommen, fuhr einen schönen Wagen, der zwar jetzt kaputt war, aber sicherlich würde die Reparatur die Versicherung übernehmen, und konnte sich nicht nur gutes Essen, sondern auch gute Kleidung kaufen. Und vor allem konnte er machen, was er wollte. Und mit wem er wollte. Gisela wurde jedoch von Tag zu Tag anhänglicher und einnehmender. Das gefiel ihm überhaupt nicht. Und dann ihr Verhalten gestern, als Johannes bei ihm vorbeigekommen war. Sie wollte ihn für sich allein haben und trieb durch ihre penetrante Art einen Keil zwischen ihn und seine Freunde. Peter war sich sicher, dass es gestern erst der Anfang gewesen war. Wie sollte das erst werden, wenn sie verheiratet waren? Doch das allein war es nicht, was ihn jetzt umtrieb. Das Gespräch mit Johannes und dessen Geständnis, Anne seit jeher geliebt zu haben und jetzt sogar zur Frau nehmen zu wollen, obwohl sie nicht von ihm schwanger war, hatte ihn zutiefst berührt. So zu denken und zu fühlen, war wohl die wahre Liebe. Natürlich tat genau diese Liebe Johannes jetzt weh, weil Anne ihn nicht wollte, aber überhaupt so tief zu empfinden, war Peter nicht gegeben. Er hatte Johannes sowieso seit jeher für dessen Empfindungen beneidet, deswegen hatte er sich auch von Kindheit an als dessen Beschützer gesehen und verantwortlich gefühlt. Wenn er es recht überlegte, war Johannes der einzige Mensch, für den er wirklich tief fühlte. Wie für einen kleinen Bruder, den er nie gehabt hatte.

»Noch einen«, rief Peter ein weiteres Mal über den Tresen und hielt dabei sein leeres Glas hoch. Es hatte ihm heute Vormittag einen Stich versetzt, dass er nichts von Johannes' Liebe zu Anne gewusst hatte. Er hatte es persönlich genommen und war seinem Freund gegenüber zu hart gewesen. Er hatte einmal mehr an sich gedacht und weniger an die Gefühle des anderen.

Als der nächste Korn vor ihm stand, wollte Peter gerade nach ihm greifen, als irgendjemand durch die Kneipe brüllte: »Die Deiche brechen! Die Deiche brechen!«

In die Kneipengäste kam Bewegung. Es wurde nicht nur wild durcheinandergeredet, die meisten griffen nach ihren Mänteln oder Jacken, zahlten schnell und verließen die Kneipe. Peter blieb sitzen und schaute sich das alles an. Erst dabei sickerte zu ihm durch, was gerade da draußen passierte. Die Kneipe, in der er momentan über sein Leben nachdachte, lag am Rande der Laubenkolonie. Aber Annes Laube lag mittendrin, und die Kolonie wiederum nahe dem Deich, der gerade brach!

Peter knallte einen Schein auf den Tresen neben dem noch vollen Schnapsglas, zog seinen Anorak an, setzte seine Mütze auf und hastete hinaus.

*

Irgendjemand machte sich an ihr zu schaffen. Anne spürte es an ihrem Hals. Es war, als ob jemand ihre Bluse aufknöpfte. Jetzt glitten die Finger weiter und öffneten anscheinend nach und nach die folgenden Knöpfe. Nun waren die Finger an ihrer Brust angelangt. Sie verharrten dort für einen Augenblick, dann fuhren sie langsam den Bauch herunter. Die Finger waren warm, und es war, als zogen sie die Kälte aus ihr heraus. Anne war noch immer zu müde, um ihre Augen zu öffnen, und so ließ sie es ohne weiteres geschehen. Außerdem tat die Wärme dieser Finger gut.

Der Sturm schien nachgelassen zu haben. Sie hörte ihn nicht mehr. Dafür das schwere Atmen der Person, die sich um sie kümmerte. Vielleicht hatte sie den Sturm auch nur geträumt?

»Muttel?«, fragte sie. Anne bekam keine Antwort, aber es war auch nicht wichtig. Sie fühlte sich umsorgt und gab sich gern den kümmernden Händen hin, die sich jetzt ihrer Hose widmeten und sie ihr hinunterzogen. Anne merkte, wie sich eine Gänsehaut auf ihren Beinen bildete und ihre Zähne klapperten, doch dann wurde bereits ihr Oberkörper hochgehoben, sodass sie ins Sitzen kam. Anne stöhnte. Schmerzen durchzogen durch die ungewollte Bewegung ihren Körper. Dann wurde ihr die Bluse von den Schultern und Armen gezogen. Das schwere Atmen an ihrem Arm wurde stärker und schneller. Plötzlich fühlte sie sich verletzlich und nicht mehr wohl. Die Atmosphäre hatte sich geändert, und sie war kein Kind mehr. Aber sie wollte so gern noch Kind sein. Wieder fragte sie: »Muttel?« Gleichzeitig versuchte sie, ihre müden Augen zu öffnen, doch sofort legte sich eine Hand sanft darauf und strich ihr die Lider herunter. Sie war zu schwach, um sich dem zu widersetzen. Sie wollte sowieso am liebsten nur schlafen.

»Schhh, schhh, ist schon gut. Du musst nur aus den nassen Sachen raus«, beruhigte sie leise, fast schon flüsternd, eine raue, belegte Stimme. Es war nicht Muttels Stimme. Jemand anderer als ihre Mutter umsorgte sie. Sie kannte den Klang der Stimme, konnte ihn jedoch nicht einordnen. Sie wurde wieder hingelegt und dann fühlte sie, wie etwas auf sie gepackt wurde. Eine schwere Decke, die sie fast zu erdrücken schien, ihr jedoch Wärme schenkte. Aber wieso bewegte sich die Decke? Was war das? Anne erstarrte. Sie konzentrierte sich auf ihre schweren Lider und schaffte es, sie aufzureißen. Zuerst sah sie nur ein flackerndes Licht, doch dann erkannte sie ein Gesicht und schrie.

*

Durch den anhaltenden Schrei kam Johannes wieder zur Besinnung. Er hatte sie in dem Moment verloren, als er Annes nackten Körper berührt hatte. Dabei hatte er sie nur wärmen wollen. Nachdem er sie hier in der Mitte des Raumes abgelegt hatte, hatte er zunächst ihre Kopfverletzung begutachtet. Sie sah schlimmer aus, als sie es war. Das hoffte er zumindest, denn sie blutete kaum und schien nur eine Platzwunde zu sein. Dann hatte er Anne vorsichtig entkleidet. Sie war völlig durchnässt, und obwohl sie nicht bei Bewusstsein gewesen war, hatte sie am ganzen Körper gezittert. Das hatte er nicht nur an ihren klappernden Zähnen gehört, sondern auch im Schein der Kurbeltaschenlampe, die er noch in seiner Jackentasche von seiner Kletterei auf dem Dach dabei hatte, gesehen. Auch er hatte sich daraufhin schnell bis auf die Haut ausgezogen, denn er meinte, irgendwo einmal gelesen oder gehört zu haben, dass ein unterkühlter Körper durch einen anderen Körper Wärme empfing. Bis zu diesem Moment hatte er an nichts anderes denken können, als sie vor dem Erfrieren zu retten. Natürlich hätte er sie auch einem der Rettungswagen übergeben können, die aufgrund des Sturms auf den Straßen in Wilhelmsburg unterwegs waren. Doch das wollte er nicht. In ihrer Laube hatte er die Chance ergriffen, sie in seinen Besitz zu nehmen, als sie ihre Kopfverletzung erlitten hatten. Er wollte ihr Retter sein und dies niemand anderem überlassen, denn auf diese Weise würde auch nur ihm ihre Dankbarkeit gehören, und sie würde endlich begreifen, was sie an ihm hatte. Als er sich dann auf sie gelegt und ihren Körper unter sich gespürt hatte, hatte sich plötzlich ein unsagbares Begehren in ihm breitgemacht. Ein Begehren nach Anne, dass er schon ewig mit sich herumtrug und das sich durch die Berührung ihres nackten Körper entfesselt hatte. Er hatte nicht anders gekonnt, als sich auf ihr zu bewegen, und jetzt schrie sie. Sofort ließ seine Erregung nach, dennoch sprang er nicht auf, sondern versuchte, Anne zu beruhigen.

»Schhhh, schhhh«, machte er jetzt zum wiederholten Mal. »Anne, nicht, du musst nicht schreien. Hab keine Angst, du bist völlig ausgekühlt und brauchst meine Wärme. Alles ist gut, hab keine Angst.«

Seine Worte schienen nicht bei ihr anzukommen. Sie schrie unablässig weiter, wobei sie ihn mit angsterfüllten Augen anstarrte.

»Anne, ich bin es, Johannes, Anne, bitte. Beruhige dich doch«, setzte er noch einmal an.

Sie schrie weiter und begann, sich zu winden, aber sie war zu schwach, um sich unter ihm hervorzurollen. Ihre ganze Kraft schien in diesem langanhaltenden Schrei zu stecken, den er jetzt nicht mehr auszuhalten meinte.

»Hör auf!«, rief er und richtete sich auf, sodass er nun rittlings auf ihr saß, »Hör auf!«

Anne fixierte ihn weiter mit deutlicher Furcht in den Augen, unterbrach tatsächlich ihren Schrei, aber nur, um einmal tief Luft zu holen. Dann setzte sie ihn fort. Unwillkürlich presste er ihr eine Hand auf die Augen und die andere auf den Mund, sodass nur noch ein gedämpftes Wimmern aus ihr herauskam. Johannes sprach weiter auf sie ein: »Beruhige dich. Bitte beruhige dich. Ich bin es doch. Johannes. Beruhige dich. Bitte …«

Das Wimmern erstarb.

»Wie anders säet der Mensch, und wie anders lässt das Schicksal ihn ernten.«

(Friedrich von Schiller)

KAPITEL 7
FREITAG, 16. FEBRUAR 1962, GEGEN MITTERNACHT

Trotz des kurzen Wegs hatte Peter dem Gefühl nach eine kleine Ewigkeit zur Laube von Anne und ihrer Mutter gebraucht. Natürlich hatte ihn auch der starke Sturm nicht zügig vorankommen lassen. Immer wieder hatte er sich mühsam gegen die starken Böen stemmen müssen, um überhaupt einen Schritt machen zu können. Aufgehalten hatten ihn aber vor allem die Auswirkungen des Wetters. Die Wege waren bis zu den Knöcheln, an manchen Stellen sogar bis zu den Knien, überschwemmt, was das Gehen erschwerte. Darüber hinaus floss das Wasser unablässig ebenso in die Lauben, und es würde noch schlimmer werden, wenn nicht ein Wunder geschah. Da niemand sich darauf verlassen wollte, es mitten in der Nacht war und viele Koloniebewohner bereits in ihren Betten schliefen, mussten sie vor dem Wasser gewarnt werden. So hatte Peter sich den Helfern in dieser Katastrophe angeschlossen, gegen Türen gehämmert und sogar Fenster eingeschlagen, um die Leute zu warnen. Die Kolonie musste evakuiert werden. Inzwischen vermischte sich auch das Geläut der Kirchenglocken und das Heulen von Sirenen mit dem tosenden Sturmpfeifen, und die schwarze Nacht wurde hier und da von flackerndem Blaulicht erhellt.

Annes Laube lag im Dunkeln. Bis hierher kam das Blaulicht nicht, denn das alte Behelfssiedlungshaus stand inmitten der Kolonie an einem kleinen Weg, zu dem kein Auto durchkam. Das Wasser hatte sich jedoch auch bis hierhin durchgearbeitet und umspülte Peters Stiefel. Im Gegensatz zu den Nachbarhäusern wirkte das der Kretschmann-Frauen verlassen auf ihn. Fast schon gespenstisch. Die Haustür stand offen, schwang jedoch im Wind leicht hin und her und ging dabei weder richtig auf noch richtig zu, da sie, vom ins Haus strömendem Wasser gebremst, mehr oder minder in ihrer Position gehalten wurde. Peter schwante Böses, und obwohl um ihn herum das Chaos herrschte, bekam er es jetzt kaum mehr mit. Der Sturm heulte, aus den Häusern schleppten sich die Menschen, und die Bäume knackten gefährlich. Peter fühlte den Wind nicht mehr und auch nicht den harten Regen, der auf ihn eindrosch. Noch nicht einmal die Kälte, die sich seiner bemächtigt hatte. Er ging auf das Haus zu. Weder die Außenbeleuchtung brannte noch drang durch die Fensterscheiben Licht nach außen. Hatte Anne sich und ihre Mutter bereits in Sicherheit gebracht? Er hoffte es. Er trat durch die Haustür und knipste den Lichtschalter an. Es zischte einmal auf, doch der Raum blieb dunkel. Die Leitung hatte einen Kurzschluss.

»Anne?«, rief er durch das Haus, »Gertrud? Seid ihr hier?«

Er schob sich weiter vor in den Wohnraum mit der Küche, während das Wasser seine Stiefel umspülte. Glücklicherweise war es nicht gänzlich finster, da eine Straßenlaterne etwas Licht in das Haus warf.

Peter sah sich im Raum um. Im Schummerlicht sah er, dass die Kommode umgestürzt war. Ein geöffneter Koffer, in dem ein paar Kleidungsstücke lagen, schwamm herum. Ebenso Briefe, Zeitungen, Deckchen und anderes Zeugs. Außerdem ein dicker, verzweigter Ast. Hatten der Sturm und das Wasser das hier alles angerichtet?

»Anne? Gertrud?«, rief Peter Lüders erneut und schob jetzt den Vorhang zu Gertrud Kretschmars Schlafkammer beiseite. Für einen Moment erschrak er, dann entspannte Peter sich wieder. Eine von Gertruds Porzellanpuppen schwamm im Wasser, und im ersten Augenblick hatte sie wie ein Baby ausgesehen, das ihn aus toten Augen anstarrte. Ansonsten war auch diese Ecke des Hauses menschenleer. Peter wandte sich wieder dem Wohnraum zu. Sein Blick wanderte zur Decke. Er hatte das große Loch darin bereits eben bemerkt. War der Ast, der hier schwamm, durch die Decke eingebrochen, oder hatte Anne das Loch von unten hineingestoßen, um über das Dach dem Wasser zu entkommen? Aber wieso hätte sie das tun sollen. So hoch war das Wasser hier noch nicht. Er konnte ja auch hindurchwaten. Zwar hatte er auf seinem Weg hierher in der Ferne schon ein paar Leute gesehen, die sich auf ihre Dächer geflüchtet hatten, um auf Hilfe zu warten, doch dort war der Wasserstand aller Wahrscheinlichkeit nach höher gewesen als hier. Außerdem hätte sie vom Garten aus aufs Dach klettern können, wenn sie unbedingt bei der Laube bleiben wollte, um die Katastrophe abzuwarten.

Peter watete zur Hintertür, unter der auch bereits das Wasser hindurch ins Haus floss. Er versuchte, sie zu öffnen, doch von draußen war ein Widerstand: das Wasser. Er watete zurück, richtete die Kommode unter dem Loch im Dach auf und stieg darauf. Er war großgewachsen und konnte jetzt in die geborstene Luke greifen, um sich hochzuziehen, aber wie sollte die kleinere Anne das angestellt haben? Und Gertrud Kretschmar hätte es sicher nicht geschafft, auf diesem Weg die Laube zu verlassen, selbst wenn ihr jemand Hilfestellung gegeben hätte. Dennoch wollte der Kommissar in Peter Lüders sehen, ob die beiden auf dem Dach saßen. Er spannte seine Armmuskeln an und begann, sich hochzuziehen. Er kam nicht weit. Kaum stand er nicht mehr auf der Kommode und hing mit seinem gesamten Gewicht an der Decke, knackte diese unter seinen Händen und barst, sodass er mit beiden Füßen und nassem, mit Stücken von Teerpappe bedecktem Holz in der rechten Hand wieder auf dem Möbel landete. Er zauderte nicht lange, stieg hinab und stapfte aus dem Haus. Er stellte sich so weit ab, dass er auf das niedrige Dach blicken konnte, doch er konnte keinen Menschen darauf ausmachen. Peter Lüders wusste nicht genau, ob ihn das beruhigen sollte, oder er sich nun noch mehr Sorgen um Anne und ihre Mutter machen sollte, beschloss aber für sich, dass es hier am Haus der beiden Frauen nichts mehr für ihn auszurichten gab.

*

Aus dem Schreien war ein Kreischen geworden, das einfach nicht mehr aufhörte. Es sprang in Johannes' Kopf von einer Wand zur anderen, schlug darin Purzelbäume, klang mal schwach wie aus weiter Ferne und schwoll dann wieder so stark an, dass er dachte, sein Kopf müsste zerbersten wie ein Glas, das dieser eine, ganz bestimmte, anhaltende Ton zum Zerspringen bringt.

Noch nicht einmal das Sirenengeheul um ihn herum konnte das Kreischen aus seinem Kopf vertreiben.

Es hatte gleich angefangen, nachdem er von Anne weg war. Regelrecht geflohen war er. Und dies, obwohl sie am Ende keinen Laut mehr von sich gegeben hatte. Auch nicht, als er von ihr abgelassen und von ihr heruntergesprungen war. Das hatte er getan, um ihrem Blick auszuweichen, und weil er selbst nicht verstand, was mit ihm los war. Er hatte ihren Blick noch in seinem Rücken gespürt, als er seine Kleidung vom Boden zusammengeklaubt hatte, und in diesem Moment war ihm seine Nacktheit noch einmal so richtig klar geworden. Und ihre. Er war schnell in seine nasse Hose geschlüpft, hatte sich sein Unterhemd und den Pullover übergezogen, war in die Stiefel gestiegen und hatte sich seinen Mantel übergestreift. Dann hatte er sich wieder zu ihr herumgedreht. Sie hatte ihn weiterhin nur vorwurfsvoll angesehen und dabei gezittert wie Espenlaub. Ob vor Kälte oder Angst, konnte er nicht sagen. Aufgewühlt hatte er seinen Mantel wieder ausgezogen und über sie geworfen und war mit den Worten: »Ich hole Hilfe« hinausgestürmt. Erst draußen wurde ihm bewusst, dass er nicht nur die Taschenlampe aus Annes Laube, sondern ebenso seine Unterhose und Socken bei ihr liegen gelassen hatte. Und dann hatte sich Annes Schrei aus dem Nichts heraus in seinem Kopf wiederholt, zum Kreischen entwickelt und bis jetzt angehalten. Am liebsten hätte er seinen Kopf gegen eine Wand geschlagen, doch er hielt ihn nur in den Händen, während er die mit Wasser vollgelaufenen Straßen ziellos entlangstampfte.

Plötzlich stand er am Deich, dem Schrecken seiner Kindheit, auf dem er so oft für seine Mutter Löwenzahn hatte sammeln müssen. Hier hatten ihn die anderen aus der Laubenkolonie geärgert, und er hatte nie die Möglichkeit zur Flucht vor ihnen gehabt, da diese von Menschenhand erbaute Naturmauer zwischen Wasser und Land kein Versteck für ihn bereitgehalten hatte. Keinen Strauch, nichts. Erst als Peter sich zu seinem Beschützer aufgeschwungen hatte, war es nicht mehr so schlimm gewesen. Und nachdem Anne in die Kolonie gekommen war, sowieso nicht mehr, weil jeder sie mochte und sie vom ersten Tag an nur noch zusammen unterwegs gewesen waren. Anne! Warum hatte er das heute getan? Was war in ihn gefahren? Erst seine Wut auf sie in ihrer Laube und dann seine Begierde, die er nicht mehr hatte zügeln können … Johannes blieb stehen. Er hatte ihr gesagt, er hole Hilfe, aber was machte er dann hier? Er blickte auf die Elbe, die wie ein stürmisches Meer hohe Wellen gegen den Deich schlug, auf dem er stand. Weiter hinten floss das Elbwasser bereits durch ihn. Scheinbar hatte der Deich dort eine Bruchstelle, aber das kümmerte Johannes in diesem Moment nicht. Er war zu sehr mit sich selbst beschäftigt. Nach wie vor kreischte es in seinem Kopf. Der Wasserstand war so hoch, wie er ihn noch nie zuvor an dieser Stelle gesehen hatte. Er ging ein paar Schritte hinab auf das Wasser zu, das sich so anders gebärdete als normalerweise. So, wie er selbst.

Unter seinen Stiefeln fühlte er den vom Regen aufgeweichten Deichboden, und dann kam er mit einem Mal ins Rutschen und schlug der Länge nach hin. Er versuchte, sich aufzurichten, doch der Boden unter ihm war so matschig, dass er keinen Halt fand und die von Menschenhand errichtete Anhöhe hinabglitt. Gleichzeitig rollte eine vom Sturm gepeitschte Welle auf ihn zu, und im nächsten Augenblick schlug über ihm das kalte Wasser zusammen und riss ihn mit sich. Johannes wurde hin und her gewirbelt und er wusste nicht mehr, wo oben und unten war. Er schluckte Wasser und hatte gleichzeitig das Gefühl, als würden seine Lungen jeden Moment platzen. Er versuchte zu schwimmen, wusste aber nicht, wo die Oberfläche war. Dann ließ er es plötzlich bleiben und die wütenden Wellen mit ihm machen, was sie wollten. Warum auch nicht? Anne, die ihm alles bedeutete, würde er nie wieder unter die Augen treten können. Was hatte er also noch zu verlieren als sein armseliges Leben?

Johannes merkte, dass etwas an seinen Arm stieß. Es konnte ein Stück Holz sein, aber er griff nicht danach. Er hatte sich fürs Sterben entschieden. Das Ding schlang sich um seinen Arm und zerrte daran. Dann spürte er eine scharfe Kälte in seinem Gesicht, die langsam seinen Oberkörper herabkroch. Die Kälte war anders als die, die ihn eben noch komplett eingehüllt hatte. Aber auch das kümmerte ihn nicht, und er ließ es geschehen. Vielleicht fühlte sich so der Tod an, denn das Kreischen in seinem Kopf war endlich verstummt. Nach wie vor zog etwas an seinem Arm, und dann landete er mit dem Kopf auf etwas Hartem. Ihm war, als hörte er Stimmen. Er wurde herumgedreht, doch nicht von den Wellen, sondern von Händen, wie ihm klar wurde. Hieß das, dass er lebte, oder waren das die Seelen der Hölle, die mit ihm spielten? Alles war so unwirklich. Jetzt drückte etwas rhythmisch gegen seinen Brustkorb. Er schnappte nach Luft und begann zu husten. Johannes öffnete die Augen und sah ein bärtiges Gesicht vor sich, das lächelnd verkündete: »Ein Glück, er lebt!«

*

Gisela verfluchte innerlich die ganze Welt. Trotz ihres Regenmantels war sie nass bis auf die Knochen. Als sie vorhin – es schien ihr mehrere Stunden her zu sein, dabei waren höchstens zwei, wenn nicht nur eineinhalb vergangen – kurze Zeit nach Peter dessen Wohnung verlassen hatte, hatte sie sich dazu entschlossen, ihm zu folgen, und war deswegen nicht zu ihrem Auto gegangen. Der Sturm hatte es ihr nicht leicht gemacht. Sie kam nur schwer voran, auf jeden Fall langsamer als ihr Verlobter, und je weiter er sich von ihr entfernte, desto schwieriger wurde es für sie, ihn im Auge zu behalten. Sie war leicht kurzsichtig, trug aber aus Eitelkeit keine Brille. Zudem herrschte in den Straßen Wilhelmsburg das reinste Chaos. Menschen eilten aus ihren Wohnungen, Polizei, Feuerwehr, Wagen des Technischen Hilfsdienstes und sogar Bundeswehrfahrzeuge fuhren durch die überfluteten Straßen, Hilfsmannschaften zersägten Bäume, die sich über die Wege gelegt hatten, pumpten vollgelaufene Keller aus, trugen Frauen und Kinder durch das Wasser aus Häusern auf Planwagen und und und. Darüber hinaus schlug ihr der Eisregen ins Gesicht, und es war dunkel, da viele Straßenlaternen nur schwach flackerten, bereits ausgefallen oder sogar umgekippt waren. Irgendwann hatte sie Peter komplett aus den Augen verloren und irrte nun durch die überfluteten Straßen zurück zu ihrem Auto. Gisela fror erbärmlich. Gerade war sie über irgendetwas, das die Wassermassen verdeckt hatten, gestolpert und mitten hinein in das kalte Wasser gefallen. Jetzt stand sie an ihrem Wagen und wusste, dass sie damit nicht würde fahren können – er stand bis über die Stoßstange im Wasser. Er würde sicher nicht anspringen. Und selbst wenn, würde sie bestimmt nicht weit kommen, denn Gisela ging davon aus, dass nicht nur dieses Etwas, über das sie gestolpert war, auf der Straße unter dem Wasser lag. Der Sturm fegte gerade alles durch die Gegend, was nicht niet- und nagelfest war.

Die junge Frau überlegte. Naheliegend wäre es, wenn sie in Peters Wohnung zurückkehrte. Sie hatte noch immer seinen Schlüssel, da sie vorhin in der Eile vergessen hatte, diesen wieder bei der Nachbarin abzugeben. Sie sah in die Richtung, in der seine Straße lag, musste aber feststellen, dass das Wasser dort immer weiter anstieg. Sie drehte ihren Kopf, und soweit sie es erkennen konnte, war es in der entgegengesetzten Richtung nicht so hoch. Sie schloss daraus, dass der Weg eine leichte Steigung hatte. Außerdem lag dahinten die nächste Hauptstraße. Vielleicht konnte sie einen der Transporter anhalten, die Menschen wie sie in dieser Notlage aufnahmen. Eventuell fand sie auch ein Gebäude, in dem sie unterschlüpfen konnte. Auf jeden Fall musste sie sich bewegen, denn die Kälte ließ bereits ihre Beine taub werden.

Giselas stapfte entschlossen los, und dabei wanderten ihre Gedanken zurück zu Peter. Wo er wohl jetzt war? Hoffentlich ging es ihm gut. Ihr war bewusst, wie gefährlich das Wetter gerade war und dass sie bisher Glück gehabt hatte, nicht von einem herunterfallenden Ast oder Dachziegel erschlagen worden oder gar im Hochwasser ertrunken zu sein. Ihr Stolpern eben hätte weitaus schlimmer ausgehen können, als nun wahrscheinlich nur mit einer dicken Erkältung, die sie wohl auch ohne ihren Fall ins Wasser davontragen würde. Sie dachte an ihre

Hochzeit: Peter durfte einfach nichts passieren. Vielleicht saß er ja auch in irgendeiner Wohnung und hatte dort Schutz gefunden. Und wenn diese Wohnung einer Frau gehörte? Vergnügte ihr Verlobter sich gerade, während sie sich durch den Sturm kämpfte? Gisela wurde wütend, obwohl sie keinerlei Anhaltspunkte für ihre Vermutung hatte. Peter war der Mann ihrer Träume, und sie wollte ihn allein für sich und nicht teilen. Das war ihr gestern wieder einmal deutlich geworden, als Johannes plötzlich aufgetaucht war. Sie war eifersüchtig auf die langjährige Freundschaft zwischen ihm und ihrem Verlobten. Natürlich würde sie das niemals zugeben, aber sie selbst wusste es von sich. Auch gefiel ihr die enge Verbindung von Peter zu Johannes' Familie nicht, und sie hoffte darauf, dass sich diese lockern würde, wenn sie und Peter erst verheiratet waren. Allein wie Johannes' Schwester Magda Peter immer anguckte, machte Gisela wütend. Und dann noch diese Anne, die im weitesten Sinne auch zur Familie Becker zählte. Anne war eine natürliche Schönheit und tat so, als wüsste sie es nicht, aber Gisela hatte sie durchschaut. In ihren Augen war Anne eine falsche Schlange, die nur so auf unschuldig machte, um den Männern den Kopf zu verdrehen. Alle lagen diesem schlesischen Flüchtlingsmädchen zu Füßen, angefangen bei Johannes, dessen Vater und Bruder, wie auch Magdas Mann Rainer und sogar Peter. Sie war zu jedem von ihnen gleich herzlich, doch sowohl zu Johannes als auch zu Peter hatte sie eine besondere Beziehung. Als Gisela Peter kennengelernt hatte, erschienen ihr die drei Jugendfreunde wie ein Kleeblatt – erst in letzter Zeit hatte sie zu ihrer Genugtuung festgestellt, dass Peter und Anne sich reservierter begegneten und Anne dafür enger mit Johannes wirkte. Fast schon wie ein Paar. Ob sie die Frau war, derentwegen Johannes gestern so durcheinander gewesen war?

Gestern. Das schien schon so lange her und irgendwie unwirklich. Natürlich hatte es auch da schon gestürmt, aber sie hätte niemals gedacht, dass das Wetter so heftig werden würde. Verzweiflung stieg in Gisela auf. Sie fühlte sich schutzlos. Überall dieses Wasser und die Menschen, die aus ihren Häusern liefen oder in den höheren Stockwerken festsaßen wie Vögel in Käfigen. Aber die hatten es wenigstens trocken und waren nicht nass und ausgekühlt wie sie.

Gisela tat, was sie immer tat, wenn sie merkte, dass Verzweiflung in ihr aufstieg: Sie dachte an etwas Schönes, und das war derzeit ihre Heirat in wenigen Monaten, zu der sie ihre Gedanken nun zurücklenkte. Vor einigen Jahren – fünf oder sechs waren es her – hatte sie in den Zeitschriften die Bilder der Hochzeit von Grace Kelly mit Fürst Rainier von Monaco bestaunt und ausgeschnitten. Es war eine Märchenhochzeit gewesen, und genauso wollte Gisela auch heiraten. Das hatte sie sich damals bereits vorgenommen. Nachdem sie und

Peter beschlossen hatten zu heiraten, hatte sie noch am gleichen Abend die ausgeschnittenen Bilder hervorgeholt. So prunkvoll wie Grace Kellys Hochzeit würde ihre eigene zwar nicht werden, dafür sah ihr Hochzeitskleid dem der Hollywoodschönheit und Fürstin ziemlich ähnlich. Gisela hatte dem Schneider die Fotos aus den Illustrierten vorgelegt, als ihre Mutter in der Umkleidekabine gewesen war, um selbst ein Kleid anzuprobieren. Als sie wieder herauskam, hatte der Schneider gerade Giselas guten Geschmack gelobt, und ihre Mutter hatte die Zähne zusammengebissen. Erst im Auto auf dem Weg nach Hause hatte sie ihrer Tochter gesagt, dass sie niemals aussehen würde wie Grace Kelly. Gisela hatte damals gedacht, wollen wir doch mal sehen, und das dachte sie auch jetzt wieder, während sie sich verbissen den stetig aufeinanderfolgenden Windböen entgegenlehnte und durch das zum Teil knietiefe kalte Wasser pflügte. Wenn sie eines war, dann eine Kämpfernatur, da ließ sie sich weder von ihrer Mutter noch diesem vermaledeiten Wasser aufhalten. Sie würde Peters Frau werden. Komme, was da wolle.

*

Anne wusste inzwischen, wo sie war. Johannes hatte die Kurbeltaschenlampe liegen lassen, die den Raum, den sie seit ihrer Kindheit kannte, schwach ausleuchtete. Ihre

Zähne klapperten noch immer. Ob vor Kälte oder wegen des Entsetzens, das nicht aus ihr weichen wollte, konnte sie nicht sagen. Johannes war schon eine Weile weg, dennoch konnte sie sich noch immer nicht regen. Ihr gesamter Körper tat weh und sie hatte das Gefühl, nur noch ihre Haut hielt ihre Knochen zusammen. Wenn sie sich jedoch bewegen würde, dann würden selbst die nichts mehr ausrichten können und ihr Skelett würde wie ein Kartenhaus zusammenfallen. Aber sie musste sich bewegen, sonst würde sie hier noch elendig erfrieren.

Entschlossen und unter Schmerzen begann Anne, sich mühsam und langsam aufzurichten, als sie Schritte wahrnahm. Kam Johannes zurück? Wollte er dort wieder anfangen, wo er vorhin aufgehört hatte und sie schänden? Das Herz der jungen Frau begann, heftig zu pochen und sie überlegte fieberhaft, wie sie sich in Sicherheit vor ihrem Kindheitsfreund bringen könnte. Dafür musste sie aber erst einmal hochkommen und das fiel ihr nach wie vor schwer. Der Hall der Schritte kam näher, dann trat auch schon die Person ein, zu der er gehörte. Ein boshaftes Grinsen machte sich sofort auf deren Gesicht breit und Anne erkannte nach ihrer ersten Überraschung die Bedrohung, die ihr entgegenschlug.

»So ganz allein hier?«, wurde sie gefragt. Nackt wie sie war, verharrte Anne stocksteif unter dem schweren Mantel, den Johannes auf sie geworfen hatte, in ihrer Position und dann war die Person auch schon neben ihr, ging in die Knie und starrte sie hasserfüllt an. Dann zog sie langsam den Mantel von Anne und erstarrte angesichts deren Nacktheit. »Mit wem hast du dich hier vergnügt?«, schlugen Anne jetzt die Worte entgegen. Sie erklärte in stockenden Worten, was passiert war und bat um Hilfe, bekam jedoch nur zur Antwort: »Und das soll ich dir glauben?«

»Ja, bitte«, begann Anne doch die Gestalt lachte nur hämisch auf. Ein weiteres Mal versuchte Anne es freundlich, um die Situation zu entschärfen, doch dann gab ein Wort das andere und die junge Frau begriff, dass sie sich nur retten konnte, wenn sie von hier wegkam, raus auf die Straße. Noch einmal mobilisierte sie all ihre verbliebenen körperlichen Kräfte und es war wohl auch die Angst um ihr Leben, dass sie kaum mehr Schmerzen verspürte, als sie sich jetzt angestrengt von der Rücken- in die Bauchlage rollte.

In diesem Moment setzte die Person sich rittlings auf sie, hielt Annes Hände zu Boden gedrückt und presste hervor: »Das magst du? Geritten werden?«

Anne wimmerte und flehte.

»Komm schon, sag mir die Wahrheit. Ich weiß sie sowieso, aber ich will es von dir hören«, kam es zischend von oben. In Todesangst gab Anne die Antwort, die die Person auf ihr anscheinend hören wollte, und die ja im weitesten Sinn auch der Wahrheit entsprach. Eine Weile herrschte Stille, dann wurde Anne tatsächlich freigegeben.

Anne schaffte es, sich zumindest soweit hochzustemmen, dass sie nun wie ein Tier auf allen vieren hockte. Sie begann zu krabbeln. Nur weg hier! Für einen Moment wunderte Anne sich, dass dies zugelassen wurde, dennoch hielt sie nicht inne, sondern schleppte sich vorwärts. Ihr Ziel war der Ausgang. Hinter sich hörte sie kurz darauf wieder die Schritte und sie versuchte unwillkürlich, schneller zu machen, aber es gelang ihr nur mäßig. Die Schritte überholten sie jedoch nicht und als sie diffuses Licht sah und gleichzeitig die Geräusche des Sturms hörte, der außerhalb der dicken Mauern tobte, dachte Anne im ersten Augenblick, die menschliche Bedrohung, die ihr folgte, sei vorüber. Scheinbar hatte ihr Reden, ihr Flehen und auch ihr Geständnis etwas bewirkt. Aber die schwangere Frau sollte sich geirrt haben. Sie robbte weiter und fühlte Wasser unter sich, das tiefer wurde, je näher sie dem Ausgang kam. Sie hatte es fast geschafft, als sie plötzlich eine Last auf ihrem Rücken spürte – einen Fuß, der sie mit der ganzen Kraft der Person, zu der er gehörte, niederdrückte. In das Sturmgeheul mischte sich ein wütendes Keuchen und daraufhin die Worte: »Das hast du dir wohl so gedacht!« Dann wurde ihr Kopf niedergedrückt. Anne wehrte sich, doch es gelang ihr nicht, ihren Kopf aus dem Wasser zu heben. Das Wasser lief ihr in Mund und Nase. Sie bekam keine Luft mehr und versuchte, sich aufzubäumen. Vergeblich.

»Zum Begräbnis der Wahrheit gehören viele Schaufeln.«

(Deutsches Sprichwort)

KAPITEL 8
DONNERSTAG, 1. MÄRZ 1962

Sie standen auf dem Ohlsdorfer Friedhof nahe der Kapelle zwölf. Die schrecklichste Nacht seines Lebens war nun bereits knapp zwei Wochen her, dennoch träumte er noch immer jede Nacht von der Katastrophe, in der er einige Leben hatte retten können. Andere nicht. Annes nicht. Schon jetzt grauste ihm wieder davor, am Abend ins Bett zu gehen. Heute würde es sicher besonders schlimm werden, denn heute war Annes Bestattung. Sie hatten sie im Flakturm gefunden. Hitler hatte ihn 1943 errichten lassen, und die britischen Besatzer hatten den Leit- sowie den Gefechtsturm 1947 gesprengt. Allerdings hatten sie die Reste daraufhin nicht komplett beseitigt, sondern zum Teil die innere Struktur wie Wände, Decken der einzelnen Etagen und Treppen zerstört. Die Trümmer lagen noch immer im Bunkerinneren. Und irgendwo dort hatte Anne wohl gelegen. Ertrunken im Wasser, das die Flut in das Innere des Bunkers gespült hatte.

Sie hatten Anne nicht gleich gefunden. Erst am 20. Februar, als die mit Wasser vollgelaufenen Straßen in Wilhelmsburg wieder einigermaßen passierbar gewesen waren. Wieso gerade im Bunker, wusste Peter nicht. Seit ihrem Auffinden zermarterte er sich das Hirn, warum Anne gerade dorthinein vor der Sturmflut geflohen war. Er konnte es sich beim besten Willen nicht erklären. Gut, sie hatten als Kinder im Flakturm, der an der Neuhäuser Straße lag, gespielt, aber warum hatte Anne nicht das Naheliegendste getan und sich zu den Beckers durchgeschlagen, wo auch ihre Mutter gewesen war, wie er zwischenzeitlich wusste? Sie musste die Möglichkeit dazu gehabt haben, denn als er in der Laube nach ihr gesucht hatte, war die Wetterlage noch nicht so kritisch gewesen wie ein paar Stunden später. Sie hätte es durchaus zur Beckerschen Wohnung schaffen können, denn immerhin hatte sie die Laube ja bereits verlassen gehabt. Er fand das alles sehr seltsam, irgendwas passte da nicht, vor allem, weil er Anne kannte – sie war selbst in den brenzligsten Situationen immer ruhig geblieben und hatte besonnen gehandelt. Die Beckers hatten sich mit den anderen Bewohnern ihres Wohnhauses auf den Trockenboden zurückgezogen und dort die Katastrophe einigermaßen gut überstanden. In den ersten

Tagen war die Hausgemeinschaft aus der Luft von Hubschraubern mit dem Nötigsten versorgt worden. Die zwei Söhne der Nachbarn der Beckers, Dieter und Georg Wickhorst, waren hierfür auf das Dach des Hauses gestiegen, um die Dinge von den Versorgungsfliegern entgegenzunehmen.

Peter Lüders sah sich um. Die Begräbnisstelle war von zahlreichen Menschen umstanden. Freilich waren es nicht so viele wie vor noch nicht einmal einer Woche auf dem Rathausmarkt und den angrenzenden großen Straßen wie der Mönckebergstraße. Gemeinsam mit dem Bundespräsidenten Heinrich Lübcke und dem Hamburger Bürgermeister Paul Nevermann hatten dort am Nachmittag des 26. Februars 1962 rund 150.000 Menschen in einer Trauerfeier Abschied von den über 300 Opfern der Sturmflut genommen. Um 17 Uhr hatten alle Kirchenglocken der Stadt geläutet, und auch für diejenigen, die sich nicht um das Rathaus versammeln konnten, hatte das Leben kurz innegehalten, sodass sie der Toten für eine Minute gedenken konnten. Es war ein grauer kalter Wintertag gewesen ähnlich wie heute. Im Moment konnte Peter sich nicht vorstellen, dass für ihn jemals wieder die Sonne scheinen würde.

Vor ihm stand zwischen Renate und Dieter Becker die gebeugte Gertrud Kretschmar, die verzweifelt um ihr einziges Kind trauerte. Peter würde sich nicht wundern, wenn sie ebenfalls tot zusammenbrach, um sich mit in das Grab zu legen, in dem Anne ihre letzte Ruhe finden würde. Annes Mutter hatte sich für die Sammelbestattung und das damit einhergehende Ehrengrab ihrer Tochter mit 77 weiteren Opfern der Flut entschieden, da ihr das notwendige Geld für eine Einzelbestattung fehlte. Natürlich hatte die Beckers, er und sogar Gisela ihr Geld angeboten, doch sie hatte es ausgeschlagen. »Anne hätte das nicht gewollt«, hatte Gertrud Kretschmar gesagt und hinzugesetzt: »Außerdem ist sie dann nicht so allein.« Dann hatte die Mutter, die nicht nur ihr Kind, sondern auch ihr weniges Hab und Gut verloren hatte, da die Laube von den Fluten vollkommen zerstört worden war, wieder geweint. Wie viel Tränen doch in einem Menschen stecken, dachte Peter bei sich, der jetzt die zuckenden Schultern der Frau betrachtete. Wie gut, dass sie nicht wusste, dass ihr ungeborenes Enkelkind hier ebenfalls begraben wurde. Peter schluckte bei dem Gedanken und legte unwillkürlich eine Hand auf eine der zuckenden Schultern der alten Frau. Gertrud Kretschmar schien es gar nicht zu merken.

Er selbst hatte bisher noch keine einzige Träne vergossen. Im Gegenteil spürte er eine Kälte in sich, die stärker war als die, die seinen Körper in der Sturmflutnacht eingenommen hatte. Außer in der Nacht, wenn die Träume ihn heimsuchten. Dann wachte er heiß und verschwitzt auf und meinte, seine Eingeweide stünden in Flammen. Wenn er jedoch aufstand und in seiner Wohnung hin und her wanderte, nahm wieder die Kälte von ihm Besitz. Auch gegenüber anderen Menschen war er kalt. Er wollte es nicht und sah, wie sehr vor allem Gisela darunter litt, aber er konnte nicht anders. Er wich ihren Berührungen aus und war einsilbig. Es erstaunte ihn selbst, dass er gerade die Regung gehabt hatte, Gertrud Kretschmar in den Arm zu nehmen, um ihr dadurch vielleicht ein wenig Trost zu spenden. Er hatte auch bemerkt, wie Gisela, die neben ihm stand, ihn verwundert von der Seite angeblickt hatte. Sie hatte ihm daraufhin ihre Hand um die Hüfte gelegt hatte und er hatte sich sofort versteift. Die körperliche Nähe war ihm unangenehm. Schon das enge Beisammenstehen war für ihn eine Herausforderung gewesen, jetzt musste er sich aber schwer zusammenreißen, sich ihrer Hand nicht zu entwinden. Seit der Sturmflutnacht hatte er auch nicht mehr mit ihr geschlafen. Er hatte einfach kein Verlangen nach Gisela oder überhaupt einer Frau, und das kannte er absolut nicht von sich. In den ersten Tagen nach der Katastrophe war es nicht weiter aufgefallen, da Gisela mit einer Erkältung bei sich zu Hause das Bett gehütet hatte und sie nur miteinander telefoniert hatten. Als sie aber nach ein paar Tagen wieder einigermaßen auf dem Damm gewesen war, hatte sie ihn zu Hause besucht. Sie waren nicht verabredet gewesen – Gisela hatte ihn abends nach seinem Dienst mit einer Flasche Wein, einem frischen Brot und Aufschnitt überrascht. Sie hatte vor seiner Wohnungstür gestanden. Bevor er sich darüber hatte wundern können, hatte sie ihn angestrahlt, den Wein in die Hand gedrückt und war mit den Worten: »Ein Glück hat das mit den getrennten Wohnungen bald ein Ende«, an ihm vorbei direkt in seine Küche gerauscht. Dort hatte sie sofort begonnen, das Abendbrot zu richten. Er hatte nicht gewusst, ob er sich einfach nur freuen oder sie anraunzen sollte, weil sie unangemeldet bei ihm aufgetaucht war. Er ließ das Anraunzen, schließlich konnte Gisela nichts für seine Gemütsverfassung und wollte ihm nur etwas Gutes tun. Beim Abendbrot waren sie schweigsam gewesen. Er hatte ihr nicht viel mehr erzählt als bereits am Telefon: dass er in der Sturmflutnacht mit angepackt hatte und als ziviler Helfer unterwegs gewesen war. Mit keinem Wort hatte er das gemeinsame Essen mit ihren Eltern erwähnt, bei dem er durch Abwesenheit geglänzt hatte. Sie aber auch nicht, und schon dafür war er ihr dankbar. Zunächst hatte er sich gewundert, dass sie nicht einmal einen Kommentar dazu abgegeben hatte, in den nächsten Tagen hatte er jedoch bemerkt, dass auch Gisela anders war als sonst. Sie war ruhiger, in sich gekehrter und gleichzeitig ihm gegenüber mütterlicher. Sie schien sich wirklich Sorgen um ihn zu machen und nicht wie sonst sich einfach nur auf Teufel komm raus mit ihm amüsieren zu wollen. Die Katastrophe hatte auch sie verändert, obgleich sie oder ihr Leben nicht davon betroffen war. Ihm gefiel das. Sogar, dass sie wie selbstverständlich jeden Abend unangemeldet bei ihm mit Abendbrot vor der Tür stand und bis zum nächsten Morgen blieb. Ihm war es recht, nicht allein zu sein. Vor allem nachts nicht. Ihre Anwesenheit tat ihm gut, nur körperliche Nähe vermied er. Auch jetzt dachte er wieder, dass er Gisela vielleicht mit seinen Gedanken über sie in der Sturmnacht, als er in der Kneipe gesessen hatte, Unrecht getan hatte.

Noch einmal ließ er seinen Blick über die vielen Gesichter der Trauergäste schweifen. Die meisten sahen so aus wie seines, wenn er in den Spiegel schaute. Gebrochen. Aber die Welt drehte sich dennoch weiter, und wenn er nicht in ihr untergehen wollte, dann musste er seine Albträume loswerden und wieder zu seiner alten Frohnatur zurückfinden. Peter Lüders wusste, dass ihm niemand dabei helfen und nur er allein das schaffen konnte. Ihm war klar, dass er sich gehen ließ. Normalerweise hielt er die Fäden in der Hand und sah sich als Gestalter seines Lebens, doch derzeit hatte ihn eine Gleichgültigkeit ergriffen wie noch nie zuvor. Er musste wieder aktiv werden. Sein Beruf bot ihm das momentan nicht. Er musste sich eine eigene

Herausforderung schaffen. Das war immer schon sein Antrieb gewesen. Plötzlich einsetzende Musik unterbrach ihn in seinen Gedanken. Die Bestattungszeremonie begann. Und in diesem Moment wurde ihm klar, was er die ganze Zeit nicht wahrhaben wollte: Er glaubte nicht daran, dass Anne Kretschmar durch den Sturm umgekommen war. Warum, konnte er nicht sagen, aber er würde es ermitteln. Er war nicht umsonst bei der Polizei.

Peter Lüders straffte die Schultern – er hatte seine Herausforderung gefunden.

*

Der lang gezogene, niemals pausierende Schrei war noch immer in Johannes, aber er war leiser geworden und vor allem kein Kreischen mehr, das an- und abschwoll. So hatte er sich immer einen Tinnitus vorgestellt, und die Ärzte sagten auch, es sei einer, doch er wusste es besser. Er hatte kein tinnitustypisches Ohrgeräusch. Der Schrei saß in seinem Kopf fest. Annes Schrei. Würde er ihn jemals wieder loswerden?

Jetzt gleich würde Johannes das Krankenhaus nach fast zwei Wochen verlassen. Da er sich noch immer vor der Kälte schützen musste und deswegen nicht mit den öffentlichen Verkehrsmitteln oder gar zu Fuß nach Hause gehen durfte, würden Peter und Gisela ihn in etwa zehn Minuten mit dem Wagen von Giselas Vater abholen, da ihre eigenen in der Werkstatt waren. Natürlich hätte er sich auch ein Taxi nehmen können, aber die beiden hatten ihm gestern angeboten, ihn zu fahren, und er hatte dies mit einem gleichgültigen Schulterzucken angenommen. Sie wollten direkt nach Annes Beisetzung in Ohlsdorf bei ihm vorbeikommen und ihn mitnehmen, um sich dann mit Gertrud Kretschmar und seiner Familie in der Beckerschen Wohnung zur Trauerfeier im engsten Kreis zu treffen. Er hatte Angst, den anderen unter die Augen zu treten, und deswegen war er inzwischen doch ganz froh, gemeinsam mit Peter zu Hause einzutreffen. Er wusste einfach nicht, wie er reagieren würde, wenn ihn nachher alle ansahen. Und wenn er sie alle sah. Besonders Gertrud. Deswegen hatte er sich auch vor Annes Bestattung gedrückt und den anderen erzählt, er dürfte erst später die Klinik verlassen, weil die Ärzte ihm das lange Stehen in der Kälte verboten hätten. Er, nur er wusste, warum Anne gestorben war. Er war schuld. Er hatte sie getötet. Wenn er nun noch hätte zusehen müssen, wie sie beerdigt wurde, wäre er sicherlich vor aller Augen zusammengebrochen. Schließlich hatte er ihren Tod nicht gewollt. Nur ein bisschen Zuneigung. Weibliche Zuneigung. Ihre Zuneigung. Selbst, wenn er Anne nicht durch das Zuhalten ihres Mundes getötet hatte, war er dennoch schuld, weil er sie in den Flakturm geschleppt und dort sich selbst überlassen hatte. Und damit würde er jetzt leben müssen. Wäre er doch bloß in den Fluten ertrunken …

Peter hatte Johannes die Nachricht von Annes Tod überbracht. Gleich, nachdem der Freund es erfahren hatte, war er zu Johannes in die Klinik gekommen, in der er lag. Er war nicht sofort, nachdem ihn die Jungs vom Technischen Hilfswerk aus den Elbfluten gefischt hatten, eingeliefert worden. Zunächst war er in eine Kirche gebracht worden, in der Rot-Kreuz-Helfer Sturmflutopfer wie ihn erstversorgten oder auch einfach nur Unterschlupf gewährten, weil ihr Haus oder die Wohnung durch das Wasser vernichtet oder zumindest für den Moment unbewohnbar war. Ein paar Tage später, als er schon im Krankenhaus lag und er ebenso bereits von Annes Tod wusste, hatte Johannes von einer der Schwestern erfahren, dass in ganz Norddeutschland über 300 Menschen gestorben und unzählige obdachlos geworden waren. Anne zählte dazu. Johannes nicht.

Nachdem seine Unterkühlung behandelt worden war, hatte er mit einer heftigen Lungenentzündung zu kämpfen gehabt, die den längeren Aufenthalt im Krankenhaus notwendig machte. Auch diese war nun einigermaßen ausgeheilt. Nicht jedoch die Schwermut, in die er verfallen war, seitdem Peter ihm von Anne erzählt hatte.

»Sie ist im Flakturm gestorben. Ertrunken. Anne hatte also nicht so viel Glück wie du«, hatte Peter gesagt. Johannes hatte ihn nur fassungslos anstarren können. Dann hatte er seinen Freund gebeten, ihn allein zu lassen. Peter hatte dazu genickt und war gegangen.

*

Magda schloss die Tür zur Wohnung ihrer Eltern auf. Johannes hatte ihr eben auf dem Rücksitz den Schlüssel in die Hand gelegt. Sie alle hatten während der kurzen Fahrt vom Krankenhaus geschwiegen. Die anderen waren im Angesicht des Begräbnisses von Anne und der bevorstehenden Trauerfeier zu bedrückt gewesen – zumindest Peter und Johannes. Von Gisela nahm Magda das nicht an, diese hatte Anne schließlich kaum gekannt, und Magda selbst wusste von sich, dass ihr Schweigen nichts mit Anne zu tun hatte. Sie hatte aus Zufriedenheit nichts gesagt und die Situation im Wagen von Giselas Vater sogar genossen.

Für Peter und Gisela war es eine Art Überfall gewesen, als Magda sich nach dem Sammelbegräbnis in Ohlsdorf den beiden angeschlossen und vor ihrer Familie und Gertrud verkündet hatte, sie würde Johannes mit aus dem Krankenhaus abholen. Das hatte sie an Giselas Gesicht gesehen – sie war deutlich nicht

169

begeistert gewesen. Peter hatte keine Miene verzogen, jedoch versucht abzuwiegeln: »Das ist lieb von dir, Magda«, hatte er gesagt, »aber nicht nötig. Hilf du doch lieber deiner Mutter. Bestimmt gibt es noch ein paar Kleinigkeiten vorzubereiten.«

»Nein, nein«, hatte Renate Becker eingeworfen, »es ist schon alles fertig, fahr ruhig mit.«

Hätte sie den argwöhnischen Blick ihres Mannes nicht aufgefangen, hätte Magda sich ein siegessicheres Grinsen sicher nicht verkneifen können. So hatte sie aber schnell zu Boden geschaut und nur gemurmelt: »Dann bis gleich.«

»Na dann«, hatte Peter gesagt und die Türen des Wagens aufgeschlossen. Magda war hinten eingestiegen. Das hatte sie bewusst getan. Zum einen, um hinter Peter sitzen zu können, und zum anderen wollte sie die beiden Verlobten beobachten. Irgendwas war da zwischen den beiden. Das war ihr schon neulich aufgefallen, als sie ihnen zufällig im Krankenhaus über den Weg gelaufen war. Sie war gerade aus Johannes' Krankenzimmer gekommen und hatte Gisela und Peter auf dem Flur getroffen. Gisela war gerade im Begriff gewesen, sich auf die Besucherbank zu setzen, und Peter steuerte auf Johannes' Zimmer zu. Magda hatte sofort die angespannte Atmosphäre zwischen den beiden gespürt – was es genau war, konnte sie nicht sagen, vielleicht der Blick, mit dem Gisela Peter verfolgt hatte.

Nachdem sie Peter begrüßt hatte und er zu Johannes eingetreten war, hatte Magda auch Gisela gegrüßt. Die hatte nur kurz ihren Gruß mit einem Nicken erwidert und dann wieder auf die hinter Peter zugefallene Tür geschaut.

»Na, schlechte Stimmung im Liebesparadies?«, hatte Magda sich nicht verkneifen können zu fragen.

Gisela hatte sie angesehen und erwidert: »Das hättest du wohl gern, was? Du hast während der Sturmflut schön zu Hause im Trockenen gelegen, aber Peter war unterwegs und hat nicht nur ein Leben gerettet. Und trotzdem liegt sein bester Freund im Krankenhaus, und Anne ist tot. Dass er da keine Luftsprünge macht, ist ja wohl verständlich. Allerdings wundert es mich nicht, dass du das nicht verstehst. Du denkst nur an dich, sonst würdest du nicht so etwas sagen. Immerhin bist du auch mit Anne aufgewachsen, und Johannes ist dein Bruder!«

Die beiden Frauen hatten sich feindselig angestarrt, dann hatte Magda mit einem wissenden Lächeln gesagt: »Wenn du wüsstest«, sich brüsk abgewandt und war gegangen. Natürlich hatte Gisela recht, doch so, wie sie Magda geantwortet hatte, hatte diese geschlossen, dass sie mit ihren Worten ins Schwarze getroffen hatte. Und die Autofahrt eben hatte Magdas Vermutung bestätigt: Zwischen den Verlobten hatte keine einzige liebevolle Berührung stattgefunden. In der Regel fummelte Gisela unentwegt an Peter herum, und der ließ es geschehen. Sie wuschelte ihm durch die Haare, schmiegte sich wie ein kleines Mädchen an hin, legte ihre Hand auf sein Bein oder nahm seine Hand in ihre. Im Wagen war nichts dergleichen geschehen. Einmal hatte Gisela Peters Hand nehmen wollen, die locker auf dem Schaltknüppel lag, doch er hatte sich sofort losgemacht und dann verbissen mit beiden Händen am Lenkrad den Wagen gesteuert. Für Magda war das mehr als befriedigend gewesen.

Die anderen waren bereits da, als sie, Peter, Gisela und Johannes die Wohnung der Familie Becker betraten. Johannes verschwand sofort in seinem Zimmer, Peter folgte ihm. Magda würdigte Gisela keines Blickes und ging in die Küche, um ihrer Mutter zu helfen, das vorbereitete Essen in das Esszimmer zu tragen. Gisela sollte merken, dass sie nicht dazugehörte, und später würde sich hoffentlich eine Gelegenheit ergeben, kurz mit Peter allein zu sein – Magda hatte ihm etwas zu sagen, und danach würde er gar nicht anders können, als ihre heimlichen Treffen wieder aufzunehmen. Sie hatte sich im Auto zu dieser kleinen Erpressung entschlossen, was ihre Laune erheblich steigerte. Am Ende ihres Lebens war Anne Kretschmar also doch noch zu etwas nütze gewesen …

»Unser Wissen ist Vermutung und unser Tun ist Streben.«

(Theodor Gottlieb von Hippel der Ältere)

KAPITEL 9
FREITAG, 2. MÄRZ 1962,
FRÜHMORGENS

»Aber Johannes, du bist immer noch nicht wieder richtig auf dem Damm, und das Wetter … du solltest besser wieder ins Bett gehen. Ich mach dir einen Tee, ja? Oder lieber eine Milch mit Honig, damit du besser einschlafen kannst?«, sagte Renate Becker verschlafen mit einem besorgten Blick auf ihren Sohn.

»Danke, Mutti, lass mal. Geh du lieber wieder ins Bett. Für dich war das auch viel in der letzten Zeit. Ich war jetzt aber tagelang im Krankenhaus und brauch einfach ein bisschen frische Luft«, entgegnete Johannes und zog seinen Lodenmantel an. Sie standen im Flur bei der Garderobe. Eben hatte er aus Versehen einen seiner Schuhe fallen lassen, sodass dieser in der morgendlichen Stille der Wohnung auf den Dielenboden gepoltert war. Daraufhin war seine Mutter aus dem

Schlafzimmer gekommen, die jetzt ihren Kopf schief legte, ihn eingehend betrachtete, aber nicht mehr versuchte, ihn umzustimmen. Stattdessen sagte sie: »Willst du nicht bei diesem Wetter lieber deinen Kleppermantel anziehen? Falls es wieder regnet, hält der besser das Wasser ab, und der Lodenmantel ist doch für gut. Nicht dass er dann hinüb...«

»Nein, der ist wärmer«, unterbrach Johannes seine Mutter barsch. Sie sagte nichts mehr, sah ihn dafür aber jetzt noch besorgter an. Er wusste, warum. In der Regel war er ihr gegenüber stets freundlich, doch das Mantelthema trieb ihn um. Schon seit Tagen. Schließlich hatte er ihn im Flakbunker bei Anne gelassen. So, wie auch Annes Taschenlampe, seine Socken und die Unterhose. Vor allem Letzteres machte ihm zu schaffen. Die Taschenlampe und den Mantel hätte er noch erklären können. Die Taschenlampe stammte sowieso von ihr, und vom Mantel könnte er sagen, Anne habe ihn sich von ihm geliehen, als er bei ihr in der Laube gewesen war. Die Socken würde man ihm vielleicht auch noch als Leihgabe abnehmen, wenn er gefragt werden würde, aber die Unterhose? Immerhin war Anne nackt gewesen, als er sie verlassen hatte, und so hatten sie sie bestimmt auch gefunden. Nackt. Nackt und fast geschändet. Von ihm!

Er wunderte sich noch immer, dass er bisher davongekommen und niemand auf die Idee gekommen war, ihn zu befragen. Oder waren die Behörden mit den vielen Leichen der Sturmflutnacht dermaßen beschäftigt gewesen, dass sie nicht genauer prüften, woran die einzelnen Toten wirklich gestorben waren? Irgendwie glaubte er nicht daran, dass sie ertrunken war. Der Bunker lag erhöht und soviel Wasser, wie beispielsweise in die Kolonie und deren Häuser, konnte nicht hineingelangt sein. Vor allem nicht in den Raum, in den er sie gelegt hatte und der noch weiter höher lag. Johannes konnte sich inzwischen auch nicht mehr vorstellen, dass der Vater ihres Kindes sie umgebracht hatte. Dieser Gedanke war ihm gestern auf der Fahrt vom Krankenhaus nach Hause gekommen. Da war ihm die Gestalt wieder in den Sinn geschossen, die Anne gerade verlassen hatte, als er sie in der Laube aufgesucht hatte. Johannes hatte überlegt, dass der Mann, um den es sich der Statur nach zweifelsfrei gehandelt hatte, zurückgekommen sein könnte und Johannes mitsamt der bewusstlosen Anne auf seinen Armen bis zum Bunker verfolgt hatte. Dann könnte der Mann, mit dem Anne sich gestritten hatte, abgewartet haben, bis Johannes den Bunker wieder allein verlassen hatte, und daraufhin im Schutz des mächtigen Gemäuers Anne und damit auch ihr Kind getötet haben.

Johannes hatte heute Nacht viel über dieses mögliche Szenario gegrübelt, war dann jedoch zu dem Schluss gekommen, dass dies nicht sein konnte. Selbst, wenn der Kerl ihnen gefolgt war, hatte er nicht wissen können, dass Johannes Anne im Bunker wieder allein ließ. Natürlich hatte dem Mann auch der Zufall in die Hände spielen können, und er hatte dann einfach seine Chance genutzt. Doch daran glaubte Johannes eigentlich nicht, zumal er sich mittlerweile sicher war, dass Anne nicht mehr gelebt hatte, als er sie im Bunker liegen ließ. Die Erinnerung war zwar verschwommen, da er so impulsiv geflüchtet war, dennoch meinte er inzwischen, dass der Blick, den sie auf ihn gerichtet hatte und der ihm vorwurfsvoll vorgekommen war, bereits leer gewesen war. Und sie hatte schließlich auch keinen Ton mehr von sich gegeben. Ja, in seiner Wahrnehmung hatte sie noch stark gezittert, aber der Eindruck konnte auch durch seine eigenen Bewegungen und das diffuse Licht aus der Taschenlampe hervorgerufen worden sein. Oder er hatte es so sehen wollen, auch das konnte sein. Eine noch schlimmere Vorstellung war die, dass er sich das Zittern nicht eingebildet hatte, Anne aber dennoch bereits tot gewesen war, ihren Körper aber noch letzte Zuckungen durchlaufen hatten. Er kannte das von Fischen. Ein paar Male hatte er es erlebt, wenn ein aus der Elbe von ihm geangeltes Tier sich nach seinem Tod noch weiterbewegt hatte. Das erste Mal hatte er einen gehörigen Schreck bekommen, beim zweiten Mal hatte er seinen Vater nach diesem Phänomen befragt. Der hatte

gelacht und ihm schmunzelnd erklärt, dass auch nach
dem Tod noch elektrische Nervenimpulse durch den
Körper gesendet wurden und diese Muskelzuckungen
verursachen könnten. Das alles war wie ein nie enden-
der Albtraum für Johannes. Wie er es auch drehte und
wendete, er hatte Anne und ihr Kind auf dem Gewissen, das Leben der Frau, die er liebte. Und ganz gleich,
dass er es nicht gewollt hatte: Wer würde ihm das
glauben? Zwar war Anne bereits begraben, doch was
würde geschehen, wenn nach dem ganzen derzeitigen
Sturmfluttrubel doch noch jemand auf die Idee käme,
den Bunker genauer zu untersuchen, und dort seine
Kleidungsstücke fand? Als sie Annes Leiche geborgen hatten, lag die Annahme nahe, sie sei ein Opfer
der Katastrophennacht. Es waren nach der Sturmflut
so viele auswärtige Helfer unterwegs gewesen, die die
Wilhelmsburger Gegebenheiten nicht kannten. Aber
jetzt? Jetzt würden eventuell doch Nachforschungen
zu den Umständen von Annes Tod angestellt werden,
weil vielleicht doch irgendein findiger Mensch darauf
aufmerksam wurde, dass der Bunker erhöht lag. In
diesem Fall würde die Polizei schnell auf ihn kommen.

Natürlich hatte Johannes in Erwägung gezogen,
sich der Polizei zu stellen oder wenigstens mit Peter
zu sprechen, um den Freund zu fragen, was er tun
sollte. Johannes war wieder davon abgekommen. Sein
Geständnis würde Anne nicht wieder lebendig machen

und ihn auch nicht von seiner Schuld befreien. Mit der musste er ohnehin von nun an leben. Doch was wäre dann mit seinen Eltern? Johannes hatte beschlossen, ihnen diese Schande zu ersparen, und so drückte er jetzt die Türklinke hinunter und verschwand aus der Wohnung, in der Hoffnung, dass seine Sachen noch im Bunker lagen und er sie unbemerkt holen konnte.

*

Leise stahl Peter Lüders sich aus seinem Bett – er wollte Gisela nicht wecken. Nicht aus Rücksichtnahme ihr gegenüber, er hatte keine Lust auf eine Diskussion. Er suchte, ohne sich dafür Licht zu machen, seine Kleidung zusammen, tappte ins Bad, machte eine schnelle Katzenwäsche und ging in die Küche, um Gisela eine kurze Nachricht auf einem Zettel zu hinterlassen. Daraufhin schlich er sich mitsamt einer Taschenlampe in seiner Anoraktasche aus der Wohnung.

Annes Tod trieb ihn nach wie vor um, sodass er in der Nacht kaum ein Auge zugetan hatte. Das einzig Gute daran war die Tatsache, dass er keinen bösen Traum gehabt hatte. Jetzt war er zwar noch müder als an den vergangenen Tagen, doch das kümmerte ihn nicht. Er wollte sich vor seinem Dienst im Kommissariat im Bunker umschauen. Hierhin lenkten ihn nun seine Füße.

Bald hatte er die Neuhöfer Straße erreicht. Noch immer waren die Auswirkungen des Orkantiefs *Vincinette* überall zu sehen. Er hatte hier und da über abgebrochene Äste und Schutt steigen müssen und war an Häusern mit kaputten Türen und Fensterscheiben vorübergegangen, die nur notdürftig mit Latten vernagelt waren. Es war noch so früh am anbrechenden Tag, dass auf den Straßen nichts los war. An einer Stelle traf er auf dunkle Gestalten, die sich an einem der behelfsmäßig geschützten Läden zu schaffen machten. Normalerweise hätte er sich als Polizist zu erkennen gegeben, doch heute hatte er einfach nur die Straßenseite gewechselt. Er wollte sich jetzt nicht mit ein paar Plünderern beschäftigen, die die Katastrophennacht und ihre Folgen für ihre persönliche Bereicherung nutzten. Darüber hinaus konnte er sich nicht sicher sein, ob es solche kriminellen Gestalten waren oder nur Personen, die wie er frühzeitig aufgestanden waren und sich um die Schäden an ihrem Eigentum kümmerten.

Jetzt sah er den Bunker, der wie ein steinerner Riese, umrahmt von ein paar Bäumen, gewaltig vor ihm lag. Peter zückte seine Taschenlampe und nahm den Weg in das Innere des monumentalen Gebäudes, den sie schon als Kinder gegangen waren. Er wusste nicht, wo sie Anne hier gefunden hatten – auf der Polizeidienststelle herrschte, wie aktuell überall in den Behörden, nach wie vor eine immense Hektik, und er hatte noch nicht mit den Kollegen sprechen können, die darüber Bescheid wussten, wie und wo genau sie geborgen worden war. Und auch nicht, durch wen. Durch die Feuerwehr, die Bundeswehr, die Polizei, das Technischen Hilfswerk oder auch durch einen Zivilisten? Er würde das schon bald herausfinden, jetzt wollte er sich aber umschauen und hatte auch schon eine Ahnung, wo er zuerst gucken sollte.

Peter Lüders war seit seiner Kindheit nicht mehr im Innern des Flakbunkers gewesen, dennoch kannte er den Bereich genau, den er jetzt, die Augen auf den steinernen Boden gerichtet, ableuchtete. Hier hatten Anne, Johannes und er als Kinder oft gespielt. Manchmal waren auch noch andere aus der Kolonie mit dabei gewesen, doch in der Regel waren sie nur zu dritt geblieben. Er hatte zwar nach wie vor keine Antwort darauf, warum Anne sich gerade in den Bunker vor dem Wetter verborgen hatte und nicht wenige Straßen weiter bei den Beckers, doch war er sich fast sicher, dass sie sich, einmal hier angekommen, in diesem Bereich aufgehalten hatte, um den Sturm abzuwarten. Er hätte es jedenfalls getan und Johannes bestimmt ebenfalls.

Damals, als sie hier gespielt hatten, hatten sie die groben, von der Sprengung nach dem Krieg überall verteilten großen Steinbrocken zur Seite geschafft und sich zum Teil Sitzblöcke daraus gebaut, sodass auf dem Boden nur noch kleine Steinchen und pulverisierter

Schutt herumgelegen hatte. Das war auch jetzt noch so, in der Mitte des Bereichs machte Peter jedoch im Schein seiner Taschenlampe eine Stelle aus, die sauberer schien. Hier musste Anne gelegen haben. Anders konnte er es sich nicht erklären. Peter ging in die Knie, um die Stelle genauer zu untersuchen und leuchtete sie nach und nach ab. Am oberen Rand angekommen, hielt er einen Moment inne. Dort war ein kleiner dunkler Fleck. Er beugte sich tiefer und betrachtete den Fleck eingehend. Wenn ihn nicht alles täuschte, war das getrocknetes Blut. War Anne verletzt gewesen? Er musste diejenigen, die sie geborgen hatten, danach fragen. Was hatte Anne kurz vor ihrem Tod durchlitten? Peter Lüders schluckte betroffen. Ob er es jemals erfahren würde? Peter stellte sich wieder auf und ließ das Taschenlampenlicht über die Konturen der Stelle gleiten. Vielleicht konnte er auf diese Weise nachvollziehen, wie Anne dagelegen hatte. Dann wusste er auch ob das Blut einer Kopf- oder Fußwunde entsprungen war, falls dies irgendwann wichtig war. So machten sie es schließlich auch bei polizeilichen Ermittlungen: Alle Fakten einsammeln, da man nie wissen konnte, ob sie später vielleicht relevant waren.

Noch einmal ließ er das Taschenlampenlicht über die Konturen fahren. Insgesamt betrachtet, verdünnten sie sich dort, wo oberhalb das Blut war. Deswegen vermutete der Kommissar, dass Anne hier mit ihrem Kopf gelegen hatte. Hatte sie ihn sich bei ihrer Flucht vor dem Sturm aufgeschlagen? Denkbar wäre es, denn viele Menschen, auch er, hatten Verletzungen in jener schrecklichen Nacht davongetragen. Der Kommissar in ihm kannte allerdings auch eine andere Möglichkeit. Es konnte ebenso sein, dass ihr jemand bewusst die Wunde zugefügt hatte. Kaum war dieser Gedanken in ihm aufgekeimt, verwarf er ihn wieder. Immerhin hieße das, dass Anne einem Verbrechen zum Opfer gefallen war. Allerdings könnte es auch erklären, warum sie im Bunker gefunden worden war – derjenige, der ihr gegen den Kopf geschlagen hatte, hatte sie hierhergeschafft. Aber wer bloß? Gerade in dieser verfluchten Februarnacht hatten die Menschen sicherlich Besseres zu tun gehabt, als Anne k.o. zu schlagen und in diesen Bunker zu bringen. Und überhaupt. Wer sollte Anne etwas antun wollen? Anne war eine Person, die von jedem gemocht wurde. Gemocht worden war, korrigierte sich Peter innerlich. Andererseits war das möglicherweise der Grund gewesen, denn Anne war auch bei Männern immer sehr beliebt gewesen und, soweit er es wusste, hatte sie bis auf einen nie jemanden erhört. Noch nicht einmal Johannes, als sie zuletzt in dieser misslichen Lage gewesen war. Als Peter daran dachte, stieg ein unermessliches Gefühl der Traurigkeit in ihm hoch, und dann brachen plötzlich die Tränen, die sich in den letzten Tagen in ihm angestaut hatten, aus ihm hervor. Nicht wie ein Sturzbach, sondern leise und eine nach der anderen drückten sie sich aus seinen Augen, und ihm war, als würde ein breiter Gürtel um sein Herz geschnürt und langsam zugezogen werden. Ein verstörendes Bild schoss ihm durch den Kopf: Hatte sich einer der abgewiesenen Männer nicht in sein Schicksal gefügt und sich einfach genommen, was er begehrte? Peter würde dies niemals herausfinden. Anne Kretschmar war ganz bestimmt nicht auf eine Vergewaltigung hin untersucht worden, schließlich hatte man sie gestern als Sturmflutopfer in einem Sammelgrab beigesetzt. Auch ein anderes Verbrechen an ihr würde er deswegen nur schwer nachweisen können, es sei denn, er würde aus irgendeinem Grund auf den Täter stoßen und der würde gestehen.

Während der junge Kommissar nun abermals in die Knie ging, schwor er sich, alles ihm Mögliche zu tun, um die Umstände von Annes Tod im Detail nachvollziehen zu können. Wie genau er vorgehen wollte, wusste er noch nicht. Er musste einfach auf seine Intuition vertrauen. Er legte die Taschenlampe neben sich, rutschte auf die harte, kalte Fläche, auf der aller Wahrscheinlichkeit nach Anne gelegen hatte, und legte sich rücklings darauf. Natürlich wusste er nicht, ob Anne auch auf dem Rücken gelegen hatte oder auf dem Bauch, aber er stellte es sich so vor. Dann schloss er seine Augen, aus denen nach wie vor die Tränen sickerten, und trauerte auf diese Weise stumm um seine Kindheitsfreundin und das Ungeborene. Seine Arme hatte er ausgestreckt, sodass seine Hände mit den Handflächen nach unten auf dem Boden lagen. Irgendetwas war da unter seiner rechten Hand. Etwas, was sich nicht so anfühlte wie die kleinen spitzen Steinchen. Es war glatt. Und runder. Peter Lüders fühlte es nach, und dann erkannte er es. Es war allem Anschein nach ein Ring. In dem Moment, in dem er seine Hand zu einer Faust ballte und den vermeintlichen Ring mit ihr umschloss, hörte er ein Poltern. Er schrak zusammen, riss die Augen auf und kam in einer geschmeidigen Bewegung auf die Knie. Er blickte in die Richtung, aus der das Geräusch gekommen war. Ein dicker Betonbrocken hatte sich aus einer Anhäufung gelöst und kollerte diese nun hinunter, bis er auf dem Boden zum Liegen kam.

*

Nachdem ihr Verlobter so sang- und klanglos die Wohnung in aller Herrgottsfrühe verlassen hatte, war Gisela sofort aus dem Bett gesprungen, hatte die Schlafzimmergardine einen Spalt beiseite geschoben und aus dem Fenster gespäht. Sie musste nur kurz warten, denn gleich darauf sah sie, wie Peter aus der Haustür kam und in Richtung Deich ging – genau die Richtung, die er auch in der Sturmflutnacht eingeschlagen hatte. Dieses Mal folgte Gisela ihm nicht. Sie war verärgert über Peters Verhalten. Dabei hatte sie ihm von Anfang an immer wieder indirekt gesagt und gezeigt, was er an ihr hatte. Nicht zuletzt, dass sie eine gute Partie war. Dafür erwartete sie von ihm aber auch im Gegenzug einen gewissen Grad an Aufmerksamkeit, und einfach so noch fast in der Nacht zu verschwinden, gehörte sicherlich nicht dazu.

Seit dieser verdammten Nacht war er verändert. Von einem auf den anderen Tag hatte er sich von ihr zurückgezogen und eine wortlose Barriere zwischen ihnen aufgebaut. Davon ließ sie sich natürlich nicht ins Bockshorn jagen. Sie hatte sich vorgenommen, diese Phase auszusitzen. Allerdings fragte sie sich jetzt auf ihrem Weg in die Küche, ob es tatsächlich nur eine vorübergehende Phase war, weil dies seine Art war, das Geschehen zu verarbeiten und um diese dämliche Anne zu trauern, oder ob er ihr gerade sein wahres Gesicht zeigte. Doch selbst, wenn es Letzteres war, würde es sie nicht davon abhalten, seine Ehefrau zu werden. Sie hatte sich Peter in den Kopf gesetzt und bisher hatte sie immer alles bekommen, was sie wollte. Darüber hinaus gönnte sie ihrer Mutter nicht den Triumph einer geplatzten Hochzeit. Und vor allem hatte sie schon viel zu viel dafür getan, Peter nicht zu verlieren.

Gisela brühte sich einen Kaffee auf und ließ währenddessen ihren Blick durch die beige gekachelte Küche wandern. Sie würde die, wie auch die ganze Wohnung, sicher nicht vermissen. Seit ein paar Wochen schaute sie schon regelmäßig in die Zeitungen auf der Suche nach einer annehmbaren Wohnung für sie und Peter. Sie sollte mindestens vier Zimmer haben – eines davon ein Kinderzimmer. Peter wusste nichts von ihrer Wohnungssuche, aber das musste er auch nicht. Sie wollte sie ihm erst präsentieren, wenn sie eine passende gefunden hatte, und die würde ganz sicher nicht in Wilhelmsburg sein. Auch nicht in Harburg, wo sie aufgewachsen war. Sie sah sich nach einer an der Hamburger Alster um. Das war schön zentral und zudem weit weg von ihren Eltern und Peters Freunden, vor allem von Familie Becker. Keiner würde dann bei ihnen »einfach nur mal so« vorbeischauen, und auch Peter würde bestimmt nicht »mal eben« auf Besuch zu einem alten Freund oder in seine Stammkneipe gehen. Gisela hoffte sogar darauf, dass er sich nach einiger Zeit von seiner Dienststelle in Wilhelmsburg ins in diesem Jahr neu gebaute Hamburger Hauptpräsidium am Berliner Tor versetzen lassen würde. Der Kaffee war fertig. Gisela goss einen Becher voll und setzte sich noch müde an den Küchentisch. Ihr Blick fiel auf einen Zettel. Sie nahm ihn auf und las: »Guten Morgen. Ich konnte nicht mehr schlafen und bin früher zum Dienst gegangen. Zieh wie immer einfach die Tür zu, wenn du gehst. Wir telefonieren. Peter«

Beim Lesen der wenigen Zeilen war Giselas Wut auf ihren Verlobten angestiegen. Sie zerknüllte das Papier und pfefferte es in eine Küchenecke. Was dachte dieser Mann eigentlich, wer er war? Sie gab sich ihm hin, war bereit, alles mit ihm zu teilen und er konnte noch nicht einmal eine liebevolle Anrede für sie schreiben, ganz zu schweigen von der Unterschrift. Einfach nur »Peter«, mehr nicht! Er kannte sie schlecht, wenn er hoffte, sie auf diese Weise loszuwerden. Lieblosigkeit kannte sie, sie war damit aufgewachsen. Ihre Mutter hatte sie von Kindheit an so behandelt, und daraus hatte Gisela gelernt.

Ruckartig stand sie auf, sodass der Küchenstuhl umstürzte. Sie würdigte ihn keines Blickes und ging ins Bad, um sich zurecht zu machen.

*

Johannes trat aus dem Schatten hervor in den Strahl der Taschenlampe, die Peter kampfbereit in den Händen hielt. Als dieser den Freund erkannte, änderten sich seine Gesichtszüge von Anspannung zu Verblüffung. Der Kommissar sprach als Erster: »Johannes! Was machst du denn hier?«

»Hallo, Peter. Ich … ich konnte nicht schlafen und wollte Abschied von ihr nehmen«, log Johannes, obwohl es zum Teil ja durchaus stimmte. »Und du?«, fragte er schnell weiter, bevor Peter ihn wiederum fragen konnte, warum er sich vor ihm versteckt hatte. Dennoch war es keine Floskel. Er wunderte sich tatsächlich, dass Peter hier war. In der letzten Zeit, seit Peter mit Gisela zusammen war, hatte sich das Verhältnis zwischen ihm, Johannes, und Anne deutlich abgekühlt. Zudem hatte Peter gestern am Begräbnis teilgenommen und dort von ihr Abschied nehmen können. Andererseits hatte auch Anne seit Kindheit an zu dessen Leben gehört und es war möglich, dass ihn deswegen sein Weg hierher geführt hatte, um den gemeinsamen und schönen Erinnerungen nachzuhängen.

Johannes fühlte sich zum ersten Mal unwohl in der Gegenwart des Freundes. Anfänglich hatte er sich beim Gerümpelhaufen versteckt, weil er jemanden in den Bunker hatte kommen hören und nicht entdeckt werden wollte. Er hatte angenommen, es sei die Polizei. Als es jedoch zu seiner Überraschung und auch Erleichterung Peter gewesen war, hatte Johannes einfach zu lange gezaudert, um sich ihm zu zeigen, und nach dem ersten Moment hätte er es als merkwürdig empfunden, aus seinem Versteck hervorzukommen. Dann hatte Peter sich auf die Fläche gelegt, auf der Anne den Tod gefunden hatte. Dieser Anblick hatte ihn verrückt gemacht, und er hatte ihn kaum aushalten können. Nachdem Peter die Augen geschlossen hatte, hatte er sich davonstehlen wollen, doch dann hatte sich dieser verfluchte Brocken gelöst. Und nun standen sich die Freunde gegenüber.

»Ich auch«, antwortete Peter und setzte nach einem Moment der Stille, in der er seinen Gedanken nachzuhängen schien, hinzu: »Ich glaub irgendwie nicht, dass sie wegen der Flut gestorben ist. Ich frage mich die ganze Zeit, warum sie gerade hier vor dem Sturm Schutz gesucht haben soll. Hast du eine Erklärung?«

Johannes zögerte mit seiner Antwort. Jetzt wäre die Gelegenheit, sich dem Freund anzuvertrauen. Er ließ sie vorüberziehen. »Nein«, sagte er lediglich.

Peter nickte, dann fragte er aber doch: »Warum hast du dich vor mir versteckt gehalten?«

Es klang in Johannes' Ohren neugierig und in keiner Weise befremdet, da er jedoch eben gelogen hatte, erzählte er auch jetzt nur die halbe Wahrheit: »Ich wusste nicht, dass du es bist. Ich habe mich versteckt, weil ich jemanden kommen gehört habe. Und, na ja, ich habe mich schon gefragt, wer sich hier in den Bunker um diese Zeit verirrt. Hinter dem Schutthaufen konnte ich nicht gut herausgucken, ohne mich zu zeigen. Darum habe ich es gelassen. Erst als ich nichts mehr gehört habe, bin ich hervorgekommen. Ich habe eine Person gesehen, die auf dem Boden gelegen hat.

Ich wollte mich schnell davonschleichen, aber der Brocken hat sich gelöst, und du bist aufgesprungen.«

Peter nickte ein weiteres Mal. Anscheinend hatte er die Erklärung geschluckt. Auflachend meinte er: »So, wie du eingepackt bist, bist du wahrscheinlich auch nicht beweglich. Sehe ich das richtig, dass du zwei Mäntel übereinander trägst?«

»Die Ärzte haben gesagt, ich soll wegen der Lungenentzündung aufpassen, und da dachte ich, zwei Mäntel können nicht schaden«, lachte auch Johannes gezwungen auf und war dankbar, dass Peter nicht weiter darauf einging. Er hatte den Kleppermantel gleich vorhin über seinen Mantel gezogen, als er ihn hier hatte liegen sehen. In seinen Rucksack hatte er Annes Kleidung gesteckt. Obgleich er es gehofft hatte, hatte er sein Glück kaum fassen können, dass die Sachen noch hier herumlagen und nicht bei Annes Bergung eingepackt worden sind, zumal er an Annes Kleidung zuvor überhaupt nicht gedacht hatte.

In diesem Moment war Johannes mehr als erleichtert, vor Peter hierher gekommen zu sein. Peter hätte sich sicher über das Zeugs gewundert, wenn er es hier entdeckt hätte. Vor allem über Annes Kleidung. Seine eigenen Socken, die Unterhose und die Kurbeltaschenlampe hatte Johannes in die Taschen des Kleppermantels gestopft, weil sie nicht mehr in den Rucksack gepasst hatten, sodass diese nun leicht ausgebeult waren. Er hielt nur die Taschenlampe in Händen, die er heute von Zuhause mitgebracht hatte, um sich im Bunker zu orientieren. Peter schien seine vollen Manteltaschen nicht zu bemerken oder seltsam zu finden. Genauso wenig wie den prallen Rucksack auf seinem Rücken. Während er sich von Johannes abwandte, machte er eine Handbewegung, ihm zu folgen. Mit wenigen Schritten standen sie vor Annes Liegestelle.

Johannes sah zu, wie Peter in die Knie ging. Er wusste, was dieser ihm zeigen wollte: das Blut am Boden aus Annes Kopfwunde, die sie sich noch in der Laube durch den herunterkrachenden Ast zugezogen hatte.

»Hier ist Blut«, sagte Peter dann auch und deutete auf den Fleck, den Johannes zwar jetzt nicht erkennen konnte, aber ihn vorhin bemerkt hatte, als er noch allein im Bunker seine Sachen zusammengesucht hatte.

»Und?«, fragte Johannes und stellte sich dumm.

»Ich gehe davon aus, dass Anne hier gelegen hat. Zumindest ist ein Abdruck am Boden, und für mich sieht er so aus, dass hier ihr Kopf war. Das Blut könnte ein Hinweis auf eine Kopfverletzung sein. Vielleicht hat jemand sie niedergeschlagen.«

Johannes räusperte sich, um Zeit zu schinden. Er überlegte fieberhaft, wie er auf diese Aussage von Peter reagieren sollte. Er beschloss, auf ihn einzugehen, und antwortete: »So eine Kopfverletzung hätte sie sich gerade in der Sturmnacht überall zuziehen können. Das glaube ich ehrlich gesagt eher. Wenn du aber recht hast, könnte es deine Frage beantworten, warum Anne hier war. Dann hat dieser Jemand sie hierher verschleppt. Was für eine furchtbare Vorstellung!«

»Da müsste dieser Jemand gewusst haben, wie wichtig gerade dieser Bereich hier früher einmal für Anne gewesen war. Hier gibt es ausreichend andere Stellen, auch verstecktere, um Anne ... du weißt schon ... denn weswegen sollte sie sonst hierher gebracht worden sein?«, gab Peter bedächtig zu denken und sah Johannes dabei an. Den beschlich Unbehagen. Wusste der Freund, dass Johannes Anne in den Bunker gebracht hatte? Oder vermutete er es und wollte ihn jetzt mit seinen Andeutungen verunsichern?

»Vielleicht war es auch ein Zufall. Sie kann hier vor dem Sturm Schutz gesucht haben und auf jemanden getroffen sein. Dann war sie einfach zum falschen Zeitpunkt am falschen Ort«, sagte Johannes schnell.

»An Zufälle glaube ich nicht«, gab Peter zurück und stand wieder auf. »Und eines schwöre ich dir: Ich finde denjenigen, der Anne getötet hat, und *Vincinette* war es nicht. Zumindest nicht allein! Wozu bin ich schließlich Kommissar?«

»Wo Verdacht einkehrt, nimmt die Ruhe Abschied.«

(Deutsches Sprichwort)

KAPITEL 10
FREITAG, 2. MÄRZ 1962, MORGENS

Magda stelzte vor dem Polizeikommissariat 44 auf und
ab. Zum einen, weil sie nervös war, und zum anderen
war ihr kalt – um beides wenigstens ein bisschen zu
mildern, half Bewegung. Gegen die Nervosität konnte
sie nicht viel mehr tun, dass ihr jedoch kalt war, hatte
sie selbst verschuldet. Sie hätte sich schlicht und ergreifend wärmere Kleidung anziehen können. Das hatte
sie jedoch nicht gewollt. Sie hatte sich bewusst etwas
angezogen, von dem sie wusste, dass es Peter Lüders
gefiel: einen tief ausgeschnittenen, engen Pullover, einen
ebenso engen Rock, Nylonstrümpfe und hochhackige
Schuhe. Darüber trug sie ihren roten Trenchcoat.

Rainer hatte sie erklärt, sie wolle für ihre Eltern und
sich auf den Markt und später am Tag sei er ihr zu voll.
Dass der Markt am Vormittag von Einkäufern übersät
war, stimmte sogar, doch das hatte sie bisher nie gestört.
Eine bessere Erklärung hatte sie jedoch nicht gehabt, um

morgens um 6.30 Uhr aus dem Haus zu gehen, schließlich hatte da noch nicht einmal ein Arzt seine Praxis geöffnet. Rainer hatte nichts dazu gesagt. Er hatte noch nicht einmal misstrauisch geguckt wegen ihrer Kleiderwahl. Er war ihrem Blick ausgewichen und hatte leise gemurmelt: »Grüß deine Eltern und Gertrud von mir.«

Natürlich würde Magda auf den Markt gehen und danach zu ihren Eltern, aber erst, wenn Peter hier endlich aufgekreuzt war. Eigentlich müsste er demnächst kommen, um seinen Dienst zu beginnen. Oder hatte er sich wegen des Begräbnisses gestern frei genommen? Aber nein, wieso sollte er? Er war nicht der Typ, der sich frei nahm. Schon gar nicht, wenn es ihm nicht so gut ging. Was seinen Beruf anging, war er sehr pflichtbewusst. Außerdem hatte er einmal erwähnt, dass dieser ihn wunderbar ablenkte, wenn er »mal nicht so gut drauf war«. Genauso hatte er es gesagt. Sie hatte gefragt, warum das so war, und er hatte ihr geantwortet: »Ich mag es, der Gute zu sein und gegen das Böse zu kämpfen.«

Magda hatte gelacht und geantwortet: »Du begehst gerade Ehebruch. Mein Mann würde dich sicher nicht als einen der Guten bezeichnen.«

Peter hatte ebenfalls gelacht: »Dafür müsste dein Mann aber erst einmal wissen, dass ich seine Frau verwöhne!«

»Na, dann mach mal«, hatte sie geantwortet, und er hatte begonnen, sie auszuziehen. Und genau aus diesem

Grund stand sie jetzt hier: Sie wollte wieder von Peter verwöhnt werden und war sich sicher, dass dies auch wieder geschehen würde. Und zwar bereits morgen Abend.

*

Rainer Wulf konnte es nicht fassen. Wider besseren Wissens hatte er gehofft, dass es längst zu Ende war, aber anscheinend hatte seine Frau tatsächlich nach wie vor eine Affäre mit Peter Lüders. Vielleicht war es inzwischen auch ein anderer Mann, aber das konnte er sich nicht vorstellen. Er wusste, dass Magda diesem Kommissar verfallen war. Genau wie jede Frau. Gisela sowieso, aber auch seine Schwiegermutter Renate und Gertrud Kretschmar. Sogar Anne hatte an seinen Lippen gehangen. Mit ihr hatte er einmal über Peter Lüders gesprochen. Damals, zu der Zeit, als Magda Peter regelmäßig getroffen hatte. Rainer hatte Anne zufällig im Park getroffen. Es war ein warmer Tag gewesen, und sie hatte wie er ihre Mittagspause mit Spazierengehen verbracht. Warum er sich Anne anvertraut hatte, hatte ihn im Nachhinein selbst gewundert, doch nachdem sie ihn freundlich begrüßt hatte und wissen wollte, wie es ihm ging, war es aus ihm herausgesprudelt. Vielleicht, weil Anne ein Mensch war, den es wirklich interessierte, wenn sie so etwas fragte, und es nicht bloß eine freundliche Phrase für sie war. Anne hatte ihn nicht unterbrochen, sondern einfach nur still zugehört, während sie langsam gemeinsam durch den Park geschlendert waren. Erst nachdem er geendet hatte, war sie stehengeblieben, hatte ihn sanft am Arm genommen, sodass auch er seine Schritte stoppte, und ihn mit ihren großen blauen Augen angesehen. Ihr Blick war offen und verständnisvoll gewesen, und ihm war in diesem Augenblick, als hätte sie all seinen Kummer in sich aufgenommen. Tatsächlich hatte er eine gewisse Erleichterung gefühlt, mit einer anderen Person seine Gedanken geteilt zu haben, und ihm war nicht mehr so schwer ums Herz gewesen.

»Danke, dass du mir dein Vertrauen geschenkt hast«, hatte Anne gesagt. »Ich kann mir gut vorstellen, was du gerade durchmachst. Aber ich bewundere auch deine Stärke. Ich glaube, es ist richtig, dass du abwartest, bis Magda von allein merkt, was sie an dir hat. Und das wird sie bestimmt. Peter ist kein Mann fürs Leben, sie muss das nur selbst herausfinden. Wenn du sie aber jetzt vor die Entscheidung stellst, du oder er, könnte es sein, dass du sie verlierst. Und wenn du mich mal wieder zum Zuhören brauchst, weißt du ja, wo du mich findest.«

Rainer hatte Annes Rat befolgt, und tatsächlich schien Magdas Liebschaft bald beendet zu sein. Sie war ihm gegenüber zwar eine Zeit lang mürrischer als sonst gewesen und auch in sich gekehrter, dennoch brachte sie ihm wieder eine gewisse Zärtlichkeit entgegen, fast wie zu Beginn ihrer Beziehung. Als Peter Gisela kennenlernte und bald darauf seine Verlobung mit ihr verkündete, verbrachten Rainer und Magda eine besonders schöne Zeit miteinander, und vor allem war sie endlich bereit für ein Kind, seinem sehnlichsten Wunsch. Seine Frau schien über den Jugendfreund ihres Bruders hinweg zu sein. Das hatte Rainer zumindest gedacht, doch dann hatte sie in der Nacht der Sturmflut, ohne Bescheid zu geben, die Wohnung verlassen. Da er einen anstrengenden Tag in der Bank gehabt hatte, war er früh ins Bett gegangen, hatte jedoch nicht einschlafen können, weil der Sturm an den Fenstern rüttelte und immer wieder Martinshörner zu hören waren. Aufstehen wollte er aber auch nicht. Vielmehr hatte er darauf gehofft, dass Magda auch bald ins Bett kommen würde und sie möglicherweise ihre Kinderplanung vorantreiben konnten. Dieser Gedanke hatte ihn wachgehalten, dennoch hatte er sich schlafend gestellt, als Magda irgendwann ins Schlafzimmer gekommen war. Sie hatte ein wenig rumort, und gerade, als er angenommen hatte, sie schlüpfe ins Ehebett, verließ sie das Schlafzimmer, und dann hatte er die Wohnungstür leise ins Schloss fallen hören.

Magda war nicht der Typ Frau, die Rücksicht auf ihren Gatten nahm. Im Gegenteil. Wenn etwas vorgefallen wäre, hätte sie ihn rigoros aus dem Bett gezerrt. Deswegen hatte er ausschließen können, dass mit ihren Eltern etwas passiert war, zumal das Telefon auch nicht geklingelt hatte. Das hätte er gehört. So hatte Rainer sofort an Peter Lüders gedacht. Und er hatte sich dabei gefragt, ob er es ein weiteres Mal aushalten würde, hintergangen zu werden. Die Antwort war ein klares Nein gewesen.

Magda war ein paar Stunden weggeblieben. Was genau er in dieser Zeit gemacht hatte, wusste er nicht mehr, denn nachdem sie weg war, hatte er erst einmal ein paar Klare gekippt, um sich zu beruhigen. Er erinnerte sich nur noch an die Wut, die er auf sie gehabt hatte und dass er sich wünschte, sie möge wenigstens ein bisschen so sein, wie Anne. Und dass er sich seinen Mantel über den Schlafanzug gezogen hatte, und nach unten auf die Straße gegangen war. Wobei, das stimmte nicht, denn daran konnte er sich überhaupt nicht erinnern, ebenso wenig konnte er sich erklären, wieso er draußen gewesen war. War er volltrunken in den Straßen herumgeirrt? Hatte er Magda gesucht? Allein bei dem Gedanken daran, fasste er sich innerlich an die Stirn – in dieser Nacht hätte ihm so einiges passieren können, vor allem im volltrunkenen Zustand. War es aber nicht. Er hatte noch nicht einmal eine Erkältung davongetragen. Aber wie er es auch drehte und wendete, er musste auf jeden Fall vor der Haustür gewesen sein, irgendwann hatte er sich weinend und nackt auf dem Badezimmerfuß- boden wiedergefunden. Sein Schlafanzug hatte dreckig und nass über dem Wannenrand gehangen, genau wie sein Mantel. Er hatte sich warm abgeduscht, ins Bett gelegt und gewartet. Als er irgendwann wieder einigermaßen klar hatte denken können, hatte er angefangen, sich Sorgen um Magda zu machen, und war wieder aufgestanden. Der Sturm hatte zugenommen, und das Wasser war weiter angestiegen, sodass es knietief ihre Straße durchfloss, wie er vom Fenster seiner Dachgeschosswohnung festgestellt hatte. Als Magda dann endlich wieder da gewesen war, war er zu erleichtert gewesen, dass ihr nichts passiert war, um zu streiten. Sie war vollkommen durchnässt und ausgekühlt von Männern des Technischen Hilfswerks mit einem Schlauchboot nach Hause gebracht worden und durch das Fenster von Familie Werner, die im Hochparterre wohnten, ins Haus gelangt, da die Haustür unpassierbar gewesen war. Rainer hatte sie mit einer Wärmflasche ins Bett gesteckt und ihr einen Tee gemacht. Dann hatte er sich neben sie gelegt und gewartet, bis sie eingeschlafen war. Erst danach war er ein weiteres Mal aufgestanden und hatte sich um ihre nassen Sachen gekümmert.

Was genau in dieser Nacht geschehen war, wusste er bis heute nicht. Wenn er die Sprache darauf brachte, wiegelte seine Frau jedes Mal ab. Sie hatte ihm nur erzählt, dass sie bei ihren Eltern nach dem Rechten hatte sehen wollen, es aber wegen des Sturms und der überfluteten Straßen nicht bis zu ihnen geschafft hatte. Er glaubte ihr das bis heute nicht, aber die Wahrheit würde sie ihm nicht sagen.

Rainer Wulf verharrte in seiner Bewegung und betrachtete sich im Spiegel des Kleiderschranks: Da stand er nun. Ein gehörnter Mann, der nur noch das Begräbnis von Anne abgewartet hatte und jetzt seinen Koffer packte, um seine Frau zu verlassen. Sein Leben hatte er sich definitiv anders vorgestellt, aber als Magda vorhin, gekleidet wie zu einem Tanztee, die Wohnung verlassen hatte, war er sich seiner Sache sicher gewesen. Und es war noch nicht einmal Magdas Lüge, die ihn so dermaßen verletzte – sie hatte gesagt, sie wollte auf den Markt – sondern vielmehr die Tatsache, dass sie ihn scheinbar für so dämlich hielt, sie nicht zu durchschauen. Kaum war sie aus der Wohnung gewesen, hatte er sich in der Bank krank gemeldet.

Rainer Wulf musste an Anne denken. Sie war so anders gewesen als Magda. So ehrlich und warmherzig. Und sie war für ihn da gewesen. Nach ihrem zufälligen Treffen im Park hatten sie sich manchmal zum Spazierengehen verabredet. Das Büro, in dem sie arbeitete, lag nicht weit von der Bank entfernt. Beim ersten Mal war er einfach vorbeigegangen und hatte auf sie gewartet. Ihm war es wieder schlechter wegen Magda gegangen, und Anne hatte schließlich gesagt, dass er kommen könnte, wenn er sie zum Reden brauchte. Dennoch hatte er es wie einen Zufall aussehen lassen. Nachdem sie dann ihre Mittagspause gemeinsam verbracht hatten, hatte er sie um ihre Telefonnummer im

Büro gebeten. Nach seiner hatte Anne nicht gefragt, und so waren ihre folgenden Treffen stets von ihm ausgegangen. Zu Weihnachten bei den Beckers waren sie zum ersten Mal seit ihren gemeinsamen Mittagspausen in größerer Runde aufeinander getroffen. Obwohl sie vorher nicht darüber gesprochen hatten, hatte eine stillschweigende Übereinkunft zwischen ihnen geherrscht, die anderen nichts von ihren Verabredungen wissen zu lassen. Das hatte ihm gefallen, und er hatte sich Anne dadurch umso näher gefühlt. Und jetzt war sie tot. Und er wieder allein mit seinen widersprüchlichen Gefühlen.

*

Peter Lüders bog um die Ecke und traute zunächst seinen Augen nicht. War das da vor dem Polizeikommissariat Magda, die auf und ab ging? Und kam weiter hinten seine Verlobte aus der entgegengesetzten Richtung und steuerte ebenfalls auf seine Dienststelle zu? Na toll, das hatte ihm gerade noch gefehlt. Wenn er im Augenblick überhaupt jemanden sehen wollte, dann ganz sicher nicht diese beiden Frauen. Zumindest nicht hier und schon gar nicht gemeinsam.

Eben noch nachdenklich setzte Peter eine geschäftige Miene auf. Magda hatte ihn jetzt gesehen und kam ihm trippelnd entgegen. Wie albern, dachte der junge Mann bei sich, bei diesem Wetter in so einem Aufzug rumzulaufen. Er linste an Johannes' Schwester vorbei und musste feststellen, dass Gisela für dieses Wetter nicht minder ungünstig gekleidet war. Natürlich wusste er, dass die Frauen ihn beeindrucken wollten. Noch vor ein paar Tagen hätte er das zwar genauso albern gefunden, jedoch wäre er in seinem Ego geschmeichelt gewesen. In diesem Moment fühlte er aber nur Widerwillen. Am liebsten hätte er auf dem Absatz kehrtgemacht, doch er musste zum Dienst. Warum hatte er seine Lust auch nicht besser im Griff. Wie hatte er sich überhaupt mit Magda Wulf einlassen können? Gut, sie hatte große Brüste und war nur zu gern mit ihm ins Bett gestiegen, aber er hatte nicht damit gerechnet, dass er sie nicht wieder loswurde. Dabei hatte er damals deutliche Worte gesprochen, als er ihre Stelldicheins beendet hatte. In der ersten Zeit danach hatte sie ihn mit Briefen bombardiert. Er hatte sie allesamt weggeschmissen, die letzten sogar ungelesen. Es interessierte ihn nicht, was Magda zu sagen hatte. Mit Gisela stand es da schon anders. Mit ihr an seiner Seite hatte er wenigstens Aussicht auf ein gutes Leben ohne Sorgen. Das hatte er zumindest noch vor zweieinhalb Wochen gefunden. Inzwischen sah er auch das anders. Er mochte Gisela, aber das war es dann auch schon. Liebe sah anders aus. Das hatte er bereits an dem Tag gedacht, als Johannes ihm von seiner Liebe zu Anne erzählt hatte. Peter sehnte sich inzwischen danach, auch einmal so uneigennützig lieben zu können. Allerdings nicht so unglücklich wie sein Freund. Johannes litt wie ein Hund. Im Bunker war Peter über dessen Aussehen erschrocken gewesen. Die unendliche Traurigkeit hatte ihm im Gesicht gestanden, und darüber hinaus war Johannes Peter leicht wirr vorgekommen. Der Freund hatte relativ abgehackt und einsilbig geantwortet, und seine Augen waren Peters Blick ausgewichen und ständig hin und her gehuscht. Und dann noch diese Sache mit den zwei Mänteln, die war wirklich schon etwas sonderbar. Peter hoffte darauf, dass die Arbeit Johannes wieder ins Lot bringen würde oder wenigstens ablenken, doch aktuell war er noch krank gemeldet.

Gisela schien schneller gegangen zu sein, denn sie kam in jenem Moment bei ihm an, als er auch auf Magda traf.

»Na, das ist ja vielleicht eine Überraschung«, sagte Peter übertrieben lustig in Ermangelung einer Idee für eine bessere Begrüßung.

»Das kann man wohl sagen«, meinte Gisela und drückte ihm demonstrativ einen Kuss auf den Mund. Magda sagte nichts. Sie lächelte nur verkniffen.

»Du hast heute Morgen dein Brot vergessen und da dachte ich, ich statte dir einen kleinen Besuch ab. Ich dachte, du bist schon in deinem Büro, aber na ja, was soll's, geb ich es dir halt hier. Mein Schatz soll doch heute Mittag nicht hungern«, sagte Gisela überschwänglich und gab Peter eine Brötchentüte vom Bäcker in die Hand. Dann wandte sie sich direkt an Magda: »Er wird immer so unleidlich, wenn er Hunger hat.«

»Ich weiß«, erwiderte diese steif.

»So, ich muss dann mal rein«, redete Peter schnell dazwischen. Ihm gefiel es gar nicht, wie die beiden Frauen sich aufführten, und er wollte ein Gespräch über seine Eigenarten unbedingt vermeiden.

Gisela und Magda sahen ihn an, doch keine der beiden machte Anstalten, sich zu verabschieden.

»Na dann«, meinte er, gab Gisela einen Wangenkuss und wandte sich zum Gehen.

»Bis heute Abend, ich koche uns etwas Schönes«, versprach seine Verlobte laut und vernehmlich. Wäre die Situation nicht gerade so angestrengt gewesen, hätte Peter gelacht und Giselas Ankündigung kommentiert – wenn sie eines nicht gut konnte, dann war es kochen. Jetzt sagte er nur: »Ja, schön.«

Deutlich widerwillig schickte sich Gisela nun an zu gehen, hielt jedoch, wie er selbst, inne, als Magda ihm ihre Hand zum Abschied entgegenstreckte. Erleichtert, dass Magda ihm keinen Kuss aufzwang oder eine Umarmung, gab auch er ihr seine. Sofort spürte er in seiner Innenfläche den klein zusammengefalteten Zettel, während sie sich die Hände schüttelten. Er wusste zwar nicht, was genau darin stand, hatte aber eine Ahnung. Er ging davon aus, dass es ein Briefchen war, in dem sie ihn bat, sie zu treffen. Damals, als sie für ein paar Wochen ihre Affäre gehabt hatten, hatte sie ihm öfters Briefbotschaften vorbeigebracht, auf denen stand, wann sie Zeit für ein heimliches Treffen mit ihm hatte. Sie hatte gemeint, solche eng beschriebenen Zettelchen wären wie die Kassiber, die Häftlinge unerlaubt schrieben oder bekamen, und das wäre doch schließlich sein Gebiet. Einmal hatte sie ihm sogar seine Lieblingsschokolade zum Dienst gebracht, und als er die Verpackung öffnete, war daraus eine Botschaft von ihr gefallen. Er hatte das witzig gefunden. Erst später, nachdem es zwischen ihnen vorbei gewesen war, hatte sie ihm seitenlange Briefe geschrieben. Diese hatte sie jedoch mit der Post zu ihm nach Hause gesendet. Magda entzog ihm ihre Hand, presste zwischen ihren Lippen »Bis dann, wir sehen uns …« hervor und setzte sich in Gang. Peter indessen hatte sofort seine Hand zur Faust geballt und diese mit den Worten »Brr, ist das kalt« in seine Manteltasche gesteckt – falls er den Zettel überhaupt lesen würde, dann sicher nicht vor Giselas Augen. Obwohl sein und Magdas Verhältnis vor ihrer Zeit gewesen war, musste sie nichts davon erfahren. Es ging niemanden etwas an, und er würde seiner Verlobten durchaus zutrauen, es vor den Beckers auszuplaudern.

»Bis später«, sagte er jetzt zu Gisela, drückte ihr nun seinerseits einen Kuss auf die Wange und eilte ins Kommissariat.

»Ein schlechtes Gewissen ist ein Zeuge, den man Tag und Nacht mit sich herumträgt.«

(Juvenal)

KAPITEL 11
FREITAG, 2. MÄRZ 1962, MITTAGS

»Moin«, wurde Kommissar Peter Lüders von Manfred Schulze begrüßt, als er in dessen Büro trat. Er hatte ihn eben angerufen und sein Kommen angekündigt. Schulze war einer der Einsatzleiter in der Sturmflutnacht gewesen, und nachdem Peter seit heute Morgen überall herumgefragt hatte, hatte man ihm gesagt, dass es höchstwahrscheinlich Schulzes Truppe gewesen sei, die Anne Kretschmars Leiche im Bunker geborgen hatte. Peter war darüber froh gewesen, überhaupt diesen Tipp bekommen zu haben, da die Akten zu den vielen Toten dieser Nacht noch in Bearbeitung waren und zum Teil auch gar nicht mehr klar war, wer wann wen geborgen oder gerettet hatte. Es waren einfach zu viele Helfertrupps der verschiedenen Stellen unterwegs gewesen – die Polizei, Bundeswehr, das Technische Hilfswerk und auch viele zivile Helfer. Schulze war wie er von der Dienststelle in Wilhelmsburg, und Peter kannte ihn. Zwar nicht gut, dennoch würde es seine Nachforschungen erleichtern.

Peter hatte sich entschlossen, dem Tod von Anne fürs Erste im Alleingang nachzuspüren und seine Vermutungen nicht mit seinem Vorgesetzten zu teilen, um offiziell ermitteln zu können. Überhaupt wollte er sie momentan noch mit niemanden teilen. Er hatte seine Gründe. Wenn er aus Annes Tod einen offiziellen Fall machen würde, könnte er seine Nachforschungen nicht für sich behalten. Er müsste zum einen im Team arbeiten, und zum anderen würden auch Annes Mutter und die Beckers durch die dann zwangsläufig offiziell stattfindenden Befragungen davon erfahren. Bisher trauerten vor allem Gertrud Kretschmar, Johannes und auch die anderen um ein Sturmflutopfer. Dies war sicherlich erträglicher als der Gedanke, Anne sei vielleicht durch Menschenhand getötet worden.

»Ich hab gehört, Sie haben die Frau aus dem Bunker geborgen. Stimmt das?«, fiel Peter jetzt direkt mit der Tür ins Haus.

»Das ist richtig. Das waren meine Männer«, bestätigte Schulze abwartend.

»Waren Sie dabei? Können Sie mir ein paar Fragen zu ihrem Auffinden beantworten?«, wollte Peter wissen.

Schulze runzelte verwundert die Stirn: »Wird dazu ermittelt?«

»Nein, ich möchte nur ...«

»Kannten Sie die Frau?«, unterbrach der ältere Schulze den Kommissar mitfühlend.

»Ja, ich bin ... sie war eine enge Freundin«, antwortete Peter mit plötzlich belegter Stimme.

»Mein Beileid«, erwiderte Schulze betreten. Für einen Augenblick herrschte Stille zwischen den beiden Männern, dann setzte Schulze wieder an: »Ich habe sie gesehen. Mit herausgeholt aus dem Bunker. Eine hübsche junge Frau ... Was wollen Sie wissen, Lüders?«

Peter räusperte sich: »Ich frage mich die ganze Zeit, wie Sie überhaupt darauf gekommen sind, im Bunker zu suchen. Und das noch dazu in dieser chaotischen Nacht.«

»Es war nicht in dieser verfluchten Nacht. Wir sind in den darauffolgenden Tagen auch draußen gewesen und da ... Einer meiner Männer hatte etwas bemerkt. Er ist deswegen rein und dann lag sie da«, sagte Schulze leise mit einem mitfühlenden Blick auf Peter.

»Anne. Also Anneliese Kretschmar, so heiß... hieß sie«, sagte Peter.

Schulze nickte zustimmend.

»Hatte sie ihren Personalausweis dabei? Hatte sie irgendetwas bei sich, woraus man schließen könnte, dass sie sich und ihre wichtigsten Dokumente vor dem

Sturm in Sicherheit bringen wollte? Vielleicht auch eine gepackte Tasche?«, hakte Peter nach, denn ihm fiel der Koffer in der Laube wieder ein. Anne hatte weg aus Hamburg gewollt, das wusste er. Vielleicht hatte sie die Sturmnacht nutzen wollen, um heimlich zu verschwinden, dann jedoch den sperrigen Koffer dagelassen und nur eine Tasche mitgenommen. Möglich wäre das.

»Wir haben nichts dergleichen gefunden«, verneinte Peters Kollege recht schnell. »Allerdings haben wir auch nicht darauf geachtet oder danach gesucht. Wir haben Fräulein Kretschmar nur geborgen und zur Sammelstelle gebracht, wo die Lei... na, Sie wissen schon.«

»Ja, ich verstehe. Sie haben eben gesagt, einer Ihrer Männer hatte etwas am Bunker entdeckt und ist aus diesem Grund rein. Was war das?«

»Na, das Fräulein«, antwortete Schulze verwundert.

»Aber ... aha. Wo genau haben Sie sie denn gefunden?«, war Peter jetzt hellhörig geworden.

»Na, gleich beim Eingang. Mein Mann hatte Haare gesehen. Warum ist das so wichtig?«, wollte Schulze wissen.

»Es hat mich nur interessiert«, wiegelte Peter ab. Er wollte seine Überlegungen nicht mit dem Kollegen besprechen. »Danke«, sagte er nun und wandte sich zum Gehen.

»Gern«, erwiderte Schulze. »Und wenn noch etwas ist, melden Sie sich einfach.«

*

Peter war ihm seltsam erschienen, irgendwie reserviert, wobei Johannes vor sich selbst zugeben musste, dass ihr Aufeinandertreffen im Bunker mehr als überraschend gewesen war. Johannes war schließlich selbst verblüfft gewesen, dass der Freund ihre ehemalige Spielstätte aufgesucht hatte. Johannes glaubte ihm nicht, dass er sich von Anne verabschieden wollte, wie er gesagt hatte. Peter war nicht der Typ für solche Dinge. Natürlich hatte auch Peter der Tod von Anne tief getroffen – das stand für Johannes außer Frage, und das hatten ihm die Tränen gezeigt, die Peter im Bunker geweint hatte, als er dachte, er sei allein. Aber der Freund ließ solche extremen Tatsachen in der Regel nicht an sich heran, und wenn, dann nur kurz. Im Gegenteil überspielte er sie, indem er weitermachte, als sei nichts geschehen. Johannes erinnerte sich noch gut daran, als seine Katze Socke gestorben war – eben die Katze, die er als kleiner Junge aufgenommen hatte, als er Anne zum ersten Mal begegnet war. Socke war anders als andere Katzen gewesen. Sie war ihm wie ein Hund hinterhergelaufen und damit auch zwangsläufig Peter und Anne. Bis zu ihrem Tod gehörte Socke zu ihrer Bande, die sie damals gegründet hatten. Nicht nur er und Anne liebten die Katze über alles, sondern auch Peter. Es war seine Idee gewesen, sie zum Maskottchen ihrer Bande zu ernennen. Mit nur fünf Jahren starb Socke – sie hatte wahrscheinlich Rattengift gefressen. Es war ein qualvoller Tod gewesen, der sich über Tage hingezogen hatte. Johannes und Anne hatten sich hingebungsvoll um das Tier gekümmert, doch Peter noch mehr. Er hatte stundenlang neben Socke gesessen und sie gestreichelt. Mit Erlaubnis seiner Eltern hatten Anne und Peter während dieser Zeit bei ihnen in der Laube übernachtet und Peter war von ihnen am Ende am übernächtigsten gewesen.

Socke war dann unter Peters Händen für immer eingeschlafen, und er hatte nicht eine Träne vergossen. Er war aufgestanden, hatte sich den Spaten genommen und im Garten wortlos ein Grab ausgehoben. Während Johannes und Anne um ihre tierische Freundin geweint hatten und nicht in der Lage waren, Peter zu helfen, war dieser wieder hineingekommen, hatte Socke in ein altes Küchenhandtuch gewickelt und sie aufgefordert: »Kommt ihr?« Am Grab hatte er Johannes die Schaufel hingehalten und genauso knapp gefragt: »Willst du?«

Johannes hatte die Vorstellung verrückt gemacht, Socke mit Erde zuzuschütten, und hatte nur noch mehr geweint. Peter hatte dazu gemurmelt: »So ist das Leben«, und das frisch gegrabene Loch mit Socke darin wieder aufgefüllt. Später hatte Anne mit Erlaubnis von Johannes' Mutter einen Rosenstrauch auf die Stelle gepflanzt.

Als Peters Eltern vor ein paar Jahren kurz hintereinander gestorben waren, hatte er sich in die Arbeit und danach ins Nachtleben gestürzt. Erst seit der Freund Gisela kennengelernt hatte, war er ein wenig ruhiger geworden – das war das einzig Gute an Peters Verlobten, fand Johannes, doch allem Anschein nach hatte ihr Einfluss auf Peters Häuslichkeit in dieser Hinsicht nachgelassen. Johannes hatte die Veränderung in der Beziehung schon bei ihren Krankenhausbesuchen bemerkt. Peter war abweisend gegenüber Gisela gewesen, und sie erschien wiederum nicht mehr so selbstbewusst und seiner sicher. Natürlich konnte es sein, dass es ein zufälliges Zusammentreffen zweier Ereignisse war – Annes Tod und Peters Rückzug aus der Beziehung. Vielleicht hatte er kalte Füße bekommen, da die Hochzeit näher rückte. In jedem Fall war Peter heute nicht aus reiner Trauer im Bunker gewesen. Johannes war sich sicher, dass Peter von vornherein als Kommissar dort gewesen war und sich nicht erst nach seinem Umsehen im Bunker entschlossen hatte, Annes Todesumständen nachzugehen, so, wie er es Johannes beim Hinausgehen gesagt hatte. Allein wie der Freund gleich zu Beginn alles mit seiner Taschenlampe abgeleuchtet hatte, sprach dafür. Und dann auch der direkte Hinweis auf das Blut am Boden. Das war keine bloße Feststellung gewesen. Ob Peter Johannes jetzt schon verdächtigte?

Definitiv hatten in Peters Kopf die Gedanken gearbeitet, das hatte Johannes gespürt, und es besorgte ihn extrem. Wenn Peter, wie angekündigt, nun intensive Nachforschungen über Annes Tod anstellte, würde der Freund dann nicht auch über kurz oder lang auf ihn kommen?

Johannes stand von seinem Bett auf, in das er sich nach seiner Rückkehr aus dem Bunker wieder gelegt hatte und wo er fast sofort eingeschlafen war. Eben war er von dem bereits leiser gewordenen, aber immer noch anhaltenden Schrei in seinem Kopf wach geworden. Auf dem Weg zu seinem Schrank sah er auf die Uhr. Es war schon 12.30 Uhr durch. Im Grunde war es ihm egal. Was bedeutete schon Zeit?

Johannes öffnete die Schranktür und holte die Schatulle hervor. Er klippte sie nicht auf, er wollte sie nur in seiner Hand spüren. Er wusste, dass sie leer war. Irgendjemand hatte einmal gesagt: »Vergangenheit ist, wenn es nicht mehr weh tut.« Er glaubte, es war Mark Twain, war sich jedoch nicht sicher. Ob er jemals wieder eine Vergangenheit haben würde?

*

Gisela fühlte sich beobachtet, aber das machte nichts. Die alte Griese konnte durch ihren Spion ruhig sehen, dass sie inzwischen ihren eigenen Schlüssel hatte. Wahrscheinlich wusste sie es längst.

Es war ein Nachschlüssel. Sie hatte ihn von dem Zweitschlüssel anfertigen lassen, was überhaupt kein Problem gewesen war. Dann hatte sie diesen Peters Nachbarin zurückgebracht und gefragt, ob sie für sie einkaufen gehen sollte, da die Straßen durch die Flut teilweise noch überspült waren. Die alte Frau hatte Giselas Angebot gern angenommen und Gisela hatte sich mit einer schnell geschriebenen Einkaufliste und dem Gefühl, sich lieb Kind gemacht zu haben, verabschiedet. Das war nun schon zwei Wochen her, und seitdem machte sie regelmäßig für die Griese Besorgungen.

Peter hatte nach wie vor keine Ahnung von dem Schlüssel. Das hatte ihr sein Zettel am Morgen gezeigt. Heute Abend, wenn er vom Dienst nach Hause kam, würde sie es ihm gestehen. Genauso wie noch etwas anderes. Und dann stand ihrer Hochzeit nichts mehr im Weg. Gisela lächelte in sich hinein, als sie jetzt die Tür aufstieß und Peters Wohnung betrat.

»Wenn du dir Zeit nimmst, um die Stille zu hören, wirst du viele Entdeckungen machen.«

(Unbekannt)

KAPITEL 12
FREITAG, 2. MÄRZ 1962, ABENDS

Peter gähnte. Er war müde. Das frühe Aufstehen und sein unruhiger Schlaf verlangten ihren Tribut. Der Kommissar saß an seinem Schreibtisch und drehte nachdenklich den schlichten Ring in seinen Fingern, den er im Bunker gefunden hatte. Eben hatte er ihn eingehend unter einer Lupe betrachtet in der Hoffnung, eine Gravur zu entdecken, aber er wurde enttäuscht. Es wäre ja auch zu schön gewesen.

Der Ring war aus Silber und hatte einen kleinen Brillanten eingesetzt. Er sah aus wie ein klassischer Verlobungsring, aber wieso sollte Anne einen solchen Ring tragen? Überhaupt hatte sie seines Wissens nach nie Ringe getragen. Genauso wie sie keine Ohrringe getragen hatte. Der einzige Schmuck an ihr war eine Halskette mit einem Herzanhänger gewesen. Die hatte ihre Mutter vom Vater zur Geburt von Anne bekommen und ihr an ihrem 21. Geburtstag geschenkt. Konnte

es sein, dass Anne von Johannes einen Verlobungsring bekommen hatte, als dieser sie um ihre Hand
bat? Andererseits hatte sie seinen Antrag abgelehnt
und damit auch den Ring. Er würde Johannes unbedingt danach fragen müssen. Oder hatte Anne Johannes' Antrag am Ende doch angenommen? Vielleicht
hatte der Freund bei Anne noch einmal vorgesprochen,
nachdem er bei Peter am Vormittag vor der Sturmflut
sein Herz ausgeschüttet hatte. Aber hätte Johannes
ihm das nicht erzählt? Bei Peters häufigen Krankenhausbesuchen hätte er ausreichend Gelegenheit dazu
gehabt. Doch selbst wenn es so war, warum hatte Peter
dann den Ring auf der rechten Seite von Annes mut-
maßlichen Lagerplatz im Bunker gefunden? Verlo-
bungsringe wurden in Deutschland an der linken Hand
getragen. Das hatte Gisela ihm gesagt, als sie ihren auf-
gesteckt hatte. Falls es sich wirklich um einen Verlobungsring handelte, den er gerade in seinen Fingern
hielt, könnte Anne auch auf dem Bauch gelegen haben.
Oder aber, es war gar nicht ihr Ring, nur wessen dann?
Hatte ihr möglicher Mörder ihn dort verloren? Allerdings war es eindeutig ein Frauenring. Das schloss
Peter zum einen aus dessen Aussehen, zum anderen
aus der Größe. Hatte eine Frau Anne umgebracht?
Oder hatte noch ein anderer, ihm unbekannter Mann,
Anne heiraten wollen und sie ermordet, nachdem sie
auch ihn, wie Johannes, abgelehnt hatte? Peter kaute

222

nachdenklich auf seiner Unterlippe. In diese Richtung hatte er schließlich bereits im Bunker gedacht. Kurz schoss es ihm durch den Kopf, dass er auch Johannes als Täter in Betracht ziehen müsste. Wenn er ihn nicht kennen würde, würde er das mit Sicherheit tun, aber er kannte den Freund wie seine Westentasche. Johannes konnte keiner Fliege etwas zuleide tun. Darüber hinaus war er am Deich fast zu Tode gekommen. Wie sollte er also überhaupt die Möglichkeit dazu gehabt haben? Hingegen lag der Deich nicht weit entfernt vom Bunker ...

Grüblerisch legte der Kommissar den Ring in eines der Stiftefächer in seiner Schreibtischschublade. Warum ging er eigentlich davon aus, dass Anne ermordet worden war? Mord hieß, dass jemand vorsätzlich tötete. Dagegen sprach, dass Anne nicht in ihrem ehemaligen Spielbereich, sondern am Eingang des Bunkers geborgen worden war. Oder war das kein Argument?

In jedem Fall musste Anne vor ihrem Tod am Bunkereingang die Wunde am Kopf davongetragen haben, sonst hätte er den Blutfleck auf ihrer Liegefläche nicht entdeckt. Peter schoss in den Kopf, dass es nicht unbedingt Annes Blut gewesen sein musste. Vielleicht war es ein älterer Blutfleck, der von jemand anderem stammte. Ein Obdachloser könnte dort geschlafen haben. Meist hinterließen Obdachlose oder andere Gestalten, die, aus welchen Gründen auch immer, nicht in einem Bett schliefen, ihre Spuren – in der Regel Müll oder Essensreste.

Peter ballte frustriert seine Faust. Könnte, könnte, könnte! Verdammt noch einmal. Er hasste es, dermaßen im Dunkeln zu tappen. Kurzentschlossen griff er zu seinem Telefon, nahm den Hörer ab und wählte nach einem Blick auf die Telefonliste eine hausinterne Nummer.

»Schulze«, dröhnte es nach zweimal Klingeln an sein Ohr.

»Lüders nochmals. Ich habe da doch noch eine Frage«, sagte Peter.

»Schießen Sie los, ich will gleich Feierabend machen. Sie haben Glück, dass Sie mich noch erwischen«, erwiderte Schulze.

»Geht ganz schnell: Können Sie sich erinnern, ob Fräulein Kretschmar eine Verletzung gehabt hatte?«

»Ja, in der Tat. Sie hatte eine Platzwunde am Kopf. Aber die war nur oberflächlich und hat sicher nicht zu ihrem Tod geführt. Sah so aus, als hätte sie sich irgendwo aufgestoßen«, beantwortete Schulze Peters Frage.

»Danke. Dann wünsch ich einen schönen Feierabend«, sagte dieser und legte eilig auf, damit Schulze gar nicht erst auf die Idee kam, ihn zu fragen, wie er darauf gekommen war. In jedem Fall ging Peter jetzt davon aus, dass er Annes Blut entdeckt hatte, auch wenn er es nie würde beweisen können. Und er fühlte sich in seiner Annahme bestätigt, die er schon Johannes im Bunker gegenüber geäußert hatte: Derjenige, der Annes Tod herbeigeführt hatte, hatte sie gekannt, und zwar so eng, dass er wusste, wo sie früher gespielt hatten, denn Anne hatte sich bestimmt nicht von allein in den abgeschirmten Bunkerbereich begeben. Johannes wusste das alles … Andererseits könnte sie sich dort auch vor jemandem versteckt haben und war später wieder zum Eingang gegangen, als sie dachte, die Bedrohung durch diese vermeintliche Person sei vorüber. Dort war sie dann zusammengebrochen, vielleicht aufgrund ihrer Kopfverletzung, und tatsächlich durch das Wasser gestorben. Dieses Szenario war auch möglich. Verdammt, wäre er doch bloß früher zu ihrer Laube gegangen. Dann würde Anne noch leben.

Peters Telefon schrillte, und der Kommissar zuckte, aus seinen Überlegungen gerissen, zusammen. Er zögerte mit dem Abheben. Sicher war das Gisela, und er hatte gerade absolut nicht das Verlangen, mit ihr zu sprechen. Ihm fiel ein, dass sie heute Morgen etwas von Kochen gesagt hatte. Bestimmt hatte sie das lediglich gesagt, um Magda zu zeigen, dass sie eine perfekte Ehefrau sein würde, und jetzt wollte sie ihn nur fragen, wann sie sich heute Abend sahen. Auch darauf hatte er keine Lust. Er wollte den Abend allein verbringen. Er betrachtete seine Hand, die über dem Hörer schwebte, dann nahm er mit dem Gedanken: Je eher daran, je eher davon, ab. Schließlich nützte es nichts, irgendwann musste er ihr sagen, dass er heute keine Zeit für sie hätte.

Er hob ab: »Hallo?«

»Lüders, sind Sie das?«, erklang die Stimme von Schulze.

»Ja, Lüders hier«, bestätigte Peter, der erleichtert war, dass er sich in dem Anrufer geirrt hatte, dann jedoch hoffte, das Schulze ihn nicht nach der Wunde fragen wollte.

»Gut, ich dachte schon, ich hätte in der Telefonliste falsch geguckt. Ich möchte Ihnen noch etwas sagen«, meinte Schulze.

»Ist Ihnen noch etwas eingefallen?«, fragte der Kommissar gespannt.

»Nicht direkt. Ich wusste es schon die ganze Zeit und wollte Sie damit nicht konfrontieren, da Sie Fräulein Kretschmar scheinbar sehr nahestanden. Ihr Anruf eben hat bei mir aber den Eindruck erweckt, dass Sie besser mit ihrem … ihrem Ableben klarkommen, wenn Sie alles wissen. Auch wenn es wehtut. Und bevor sie es von jemand anderem erfahren, sag ich es Ihnen lieber. Schließlich sind wir Kollegen, und ich möchte nicht, dass es heißt, ich halte irgendetwas zurück, wenn Sie verstehen …«, erklärte Schulze etwas umständlich.

»Aha«, sagte Peter nur und wartete ab, was jetzt kommen würde.

»Tja, also«, fuhr Schulze daraufhin fort, »das Fräulein war nackt, als wir es gefunden haben.«

»Nackt?«, entfuhr es Peter überrascht. Mit dieser Information hatte er nicht gerechnet, obwohl sie in sein Bild vom möglichen Tatmotiv passte.

»Ist sie … ist sie miss…« Peter brach seine angefangene Frage ab, er konnte das Wort nicht aussprechen. Nicht, wenn es sich um Anne handelte. Allein die Vorstellung bereitete ihm ein schmerzendes Gefühl in der Brust. Sein Herz pochte heftig.

»Das kann ich Ihnen nicht sagen. Es sah nicht so aus, aber, wie gesagt, haben wir sie nur geborgen und dann zur Sammelstelle gebracht«, antwortete Schulze.

»Verstehe«, sagte Peter nachdenklich und setzte noch eine Frage hinterher: »Haben Sie denn ihre Kleidung gefunden?«

»Wie ich Ihnen schon vorhin gesagt habe, haben wir nichts weiter gefunden, aber wir haben auch nicht danach gesucht.«

»Ja, danke. Und danke, dass Sie mich nicht geschont haben. Das war richtig«, erklärte Peter, und dann legten die beiden Polizisten nach einer förmlichen Verabschiedung auf. Das Bild von Johannes im Bunker mit seinen zwei übereinander gezogenen Mänteln und dem

Rucksack auf dem Rücken tauchte vor Peters inneren Auge auf. Er verscheuchte es sofort wieder.

*

Rainer war noch nicht zu Hause. Normalerweise verspätete er sich nie. Pünktlich wie eine Eieruhr verließ er die Bank um 18 Uhr, und um 18.20 Uhr hörte sie dann seinen Schlüssel im Schloss drehen. Jetzt war es bereits 18.30 Uhr, und Magda stand frisch geduscht und nur in ein Handtuch gehüllt an ihrem gemeinsamen Kleiderschrank und betrachtete verwundert die Fächer, in denen Rainers Sachen lagen. Die Fächer waren nach wie vor gefüllt, dennoch hatte sie mit einem Blick erkannt, dass einiges fehlte. Es handelte sich nicht um Kleidung, die Rainer nicht mehr trug und möglicherweise für die vielen Menschen, die durch die Flut ihr Hab und Gut verloren hatten, spenden wollte. Die hatten sie bereits vor Tagen gemeinsam rausgesucht. Im Schrank fehlten Sachen, die Rainer nach wie vor im Alltag anzog. Magda runzelte ihre Stirn, ging in den Flur und öffnete die Abstellkammer: Der große Reisekoffer fehlte! Was hatte das zu bedeuten? Hatte Rainer sie verlassen? Einfach so?

Nach einem Moment des Innehaltens schritt Magda Zimmer für Zimmer ab auf der Suche nach einer Nachricht von ihrem Ehemann. Sie entdeckte nichts. Sie ging zurück ins Schlafzimmer, setzte sich aufs Bett und starrte in ihren Kleiderschrank. Sie wusste nicht, ob sie lachen oder weinen sollte. Einerseits hatte Rainer ihr scheinbar freiwillig den Weg freigemacht für ein neues Leben, andererseits beschlich sie nun auch Furcht vor ihrer eigenen Courage. Bisher hatte sie sich darüber keine Gedanken gemacht, da ihr ihre Ehe mit Rainer und vor allem seine Liebe zu ihr wie das schützende Netz für eine Seiltänzerin vorgekommen war. Nun war dieses Netz anscheinend gerissen, da sie Rainers Liebe zu sehr strapaziert hatte. Sie konnte nur hoffen, dass jetzt nicht auch das dünne Seil riss, auf dem sie gerade balancierte.

Magda Wulf atmete einmal tief durch – sie hatte schon zu viel riskiert, um jetzt ihren Plan aufzugeben.

Sie stand auf, nahm die neue spitzenbesetzte Unterwäsche, das Kleid, das sie bereits Weihnachten getragen hatte, und eine Strumpfhose aus dem Kleiderschrank. Dann zog sie sich an.

*

Kommissar Peter Lüders war endlich von seinem Bürostuhl aufgestanden. Nach seinem zweiten Telefonat mit Schulze hatte er bei der Stelle angerufen, zu der die Opfer der Sturmflut nach ihrer Bergung zentral verbracht worden waren. Er hatte eine überaus freundliche Sekretärin in der Leitung gehabt, die ihm auf seine Frage nach den Obduktionen der einzelnen Leichen erklärt hatte, dass diese zwar von Medizinern begutachtet worden waren, jedoch keine detaillierte rechtsmedizinische Untersuchung vorgenommen worden war. Es wären einfach zu viele gewesen, hatte das Fräulein abschließend gesagt, und Peter hatte nicht weiter nachgebohrt.

Er hatte kurz überlegt, dass jetzt doch der Zeitpunkt gekommen war, bei seinem Vorgesetzten Meldung zu machen, damit er Annes Tod offiziell untersuchen konnte. Vorher hatte er jedoch alle seine Erkenntnisse zu Papier bringen wollen. Als er dies erledigt hatte, hatte er in einer Spalte daneben stichpunktartig seine Vermutungen aufgeschrieben. Danach hatte er das Schreiben mit einem Kloß im Hals betrachtet: Der Name, der um Annes kreiste, war »Johannes«, der seines besten Freundes. Konnte das sein? Hatte Johannes wirklich etwas mit Annes Tod zu tun? Peter wollte es nicht glauben, und hatte wütend auf sich selbst den Zettel in seiner Schreibtischschublade verstaut und beschlossen, noch nicht zu seinem Vorgesetzten zu gehen. Vermutlich war der sowieso bereits im Feierabend, und so hatte Peter mindestens bis zum Montag Zeit, sich Gedanken über seine nächsten Schritte zu machen. Darüber hinaus hatte er gemeint, vor Müdigkeit nicht mehr klar denken zu können. Er hatte sich eingeredet, dass das alles Anne auch nicht wieder lebendig machen und Johannes nicht plötzlich verschwinden würde.

Als Peter jetzt seinen Mantel vom Haken nahm und überzog, huschte ein Gedanke an Gisela durch seinen Kopf. Sollte er sie schnell noch vom Büro aus anrufen? Ach was, das könnte auch bis zu Hause warten. Er würde ihr ja sowieso für heute absagen und sie darüber ärgerlich werden. Je später das Gespräch, desto besser. Seine Laune war ohnehin bereits auf ihrem Tiefpunkt angelangt. Mit gedrückter Stimmung verließ der junge Kommissar sein Büro und machte sich auf den Weg zu seiner Wohnung. Es war kalt, und so stopfte er seine Hände tief in seine Mantelaschen. Er fühlte das Zettelchen, das Magda ihm heute Morgen zugesteckt hatte. Er zog es heraus, entfaltete es und las. Es standen nur zwei Sätze darauf, dennoch veranlassten sie ihn zu einem lauten »Verdammt!« Für einen Augenblick blieb er stehen und sah auf seine Uhr. Dann wandte er sich in die andere Richtung und schritt eilig voran.

»Und? Zufrieden?«, fragte Kommissar Peter Lüders knapp zwei Stunden später und knöpfte sich dabei seine Hose zu. Mit einem Gefühl der Abscheu betrachtete er die sich zwischen den Laken wohlig räkelnde Frau. Doch das war noch gar nichts. Eben war er im Bad des Hotelzimmers gewesen, um sich zu waschen.

Dabei hatte er sich im Spiegel betrachtet und in die eigenen Augen geschaut. Er hatte seinen Blick fast sofort wieder gesenkt, so sehr hatte er sich vor sich selbst geschämt. Nein, verachtet, dachte er jetzt. Was er getan hatte, war würdelos, und das Schlimmste daran war, dass er es wieder tun würde. Er war bereits für übermorgen wieder hier in diesem Zimmer mit Magda verabredet. Sie hatte ihn in der Hand, und das nutzte sie jetzt weidlich aus.

»Du hast dir schon mal mehr Mühe gegeben«, erwiderte Magda mit einem selbstgefälligen Lächeln. »Aber wir treffen uns ja nun wieder regelmäßig. Da hast du dann Gelegenheit, mir zu zeigen, was in dir steckt.«

»Magda, bitte, was soll das? Lass uns noch einmal darüber reden«, bat er, kannte jedoch in dem Augenblick, als er die Worte aussprach, ihre Antwort.

»Reden? Gern, aber nicht darüber. Ich verhandle schließlich nicht. Das habe ich dir vorhin schon gesagt. Aber glaub mir, Peter, du musst dich nur wieder an mich gewöhnen, und dann wirst du merken, was du an mir hast.«

Peter verzog sein Gesicht zu einer schmerzerfüllten Grimasse. Er hatte Magda zwar eben gegeben, was sie sich gewünscht hatte – insgeheim war er entsetzt über sich, dass er dazu überhaupt in der Lage gewesen war – doch deswegen konnte sie ruhig sehen, wie gräulich er die Situation und ihre Zukunftsplanung fand.

»Och, nun mach nicht so ein Gesicht«, erwiderte sie und musterte ihn immer noch lächelnd. »Du willst keinen Skandal, und ich will dich. Das sind doch beste Voraussetzungen.«

»Und wie stellst du dir das vor?«, blaffte Peter. »Was ist mit deinem Mann? Irgendwann wird er dir auf die Schliche kommen.«

Magda löste ihren Blick von ihm und schaute versonnen aus dem Fenster: »Mach dir um Rainer keine Sorgen. Der wird uns nicht im Weg stehen.«

»Und was ist mit Gisela? Hast du sie vergessen? Sie ist nicht so leicht hinters Licht zu führen wie dein werter Gatte.«

»Das, mein Lieber, solltest du so schnell wie möglich klären. Am besten, du löst eure Verlobung sofort, denn bestimmt hast du kein Interesse daran, dass ich mit ihr spreche.«

Peter starrte Magda für einen Augenblick wütend an. Sie konnte nicht wissen, dass er das sowieso vorhatte. Und sie wäre die Letzte, der er es sagen würde. Er entschied, ihr Spielchen fürs Erste mitzuspielen, und so murmelte er: »Wir sehen uns übermorgen«, schnappte sich seinen Mantel und verließ das Hotelzimmer. Erst auf dem Flur knöpfte er sein Hemd zu, ließ jedoch die zwei obersten Knöpfe geöffnet, da seine Kehle wie zugeschnürt war. Unten im Foyer bemerkte er nicht den Mann, der in einem Sessel saß und ihm hinterherblickte, als er durch die Drehtür hinaustrat.

Eigentlich sollte Peter jetzt nach Hause gehen und sich ins Bett legen, doch seine Müdigkeit war verflogen. Schuld daran war das Gedankenkarussell, das unermüdlich in seinem Kopf ratterte, jedoch zu keiner Lösung kam, da es sich, seiner Natur gemäß, lediglich im Kreis bewegte. Nur ein Mittel konnte das Karussell jetzt stoppen und auch alles andere in seinem Kopf vernebeln. Der junge Mann schlug den Weg zu seiner Stammkneipe ein – morgen war Samstag und er hatte keinen Dienst, sodass er die Nacht zum Tage machen konnte. Von unterwegs rief er aus einer Telefonzelle bei seiner Verlobten an. Ihre Mutter nahm ab und erklärte ihm nach einer knappen Begrüßung ungefragt: »Gisela ist nicht da.« Dann legte sie ohne Verabschiedung wieder auf.

»Die volle Wahrheit kann ein tapf'res Herz ertragen;
doch nicht die Zweifel, die im Finstern an ihm nagen.«

(Molière)

KAPITEL 13
SAMSTAG, 3. MÄRZ 1962,
FRÜHMORGENS

Als Kind hatte er es geliebt, während der Fahrt auf die vorüberziehende Landschaft zu schauen. Vor allem hatte er es witzig gefunden, wie dabei die Augäpfel hin und her flitzen, um alles aufzunehmen. Jetzt schaute er nicht aus dem Fenster, sondern lag mit geöffneten Augen auf seiner Pritsche und blickte auf die schmutzig-beige Unterseite des Bettes über ihm. Selbst wenn er aus dem Fenster geguckt hätte, hätte er nicht viel zu sehen bekommen, da es draußen noch dunkel war. Darüber hinaus waren die Gardinen vorgezogen.

Johannes Becker befand sich im Nachtzug nach Konstanz. Demnächst würden sie dort im Bahnhof einfahren. Er hatte immer schon einmal an den Bodensee gewollt und war gestern Abend spontan aufgebrochen. Seiner Mutter hatte er gesagt, er würde an die Nordsee fahren, um Abstand zu gewinnen, und sie solle sich keine Sorgen machen. Dann hatte er sie lange gedrückt.

Johannes war auf der Flucht. Vor sich selbst und vor seiner Tat und deren Konsequenzen. Seit gestern Morgen hatte er darüber nachgedacht, sich Peter doch zu stellen. Beim gemeinsamen Abendbrot mit seinen Eltern und Gertrud hatte er sich dagegen entschieden, weil er ihnen dieses zusätzliche Leid ersparen wollte. Wozu sollte Gertrud sich damit grämen, dass er ihrer Tochter aus lauter Selbstsucht den Atem für immer genommen hatte, und auch seine Eltern würden sicher darüber verzweifeln, wenn sie wüssten, dass ihr jüngster Sohn ein Mörder war.

*

Das Glas in ihrer Hand wog schwer. Sie zielte und dann warf sie. Peters entsetztes Gesicht brachte sie nur noch mehr in Rage. Was dachte sich dieser Mistkerl eigentlich? Sie einfach abzuservieren, als wäre sie irgendein dahergelaufenes Mädchen aus der Gosse. Und dass, nachdem sie so viel für ihn getan hatte! Er müsste doch jetzt zu ihr halten.

Sie griff nach einem weiteren Glas und warf es dem anderen hinterher gegen die Wand. In ihren Ohren pochte das Blut, und ihr war, als würde sie sich selbst beobachten, während sie jetzt schnell hintereinander die einzelnen Gläser aus dem Hängeschrank in der Küche nahm und durch die Gegend pfefferte. Es war ein bisschen so, als würde sie träumen. Sie wusste, dass sie eigentlich aufhören sollte, aber sie konnte nicht. Es war wie ein innerer Zwang. Als Peter jetzt auf sie zutrat und ihre Handgelenke packte, wehrte sie sich gegen ihn wie ein Tier. Sie trat ihn gegen die Schienbeine, versuchte, mit ihrer Stirn gegen sein Kinn zu schlagen, wand sich und schrie. Doch es nützte nichts. Er hielt sie mit eisernem Griff und sagte immer wieder: »Gisela, bitte. Beruhige dich. Das bringt doch nichts.« Dabei traf sie sein alkoholgeschwängerter Atem. Erst als sie ihm ins Gesicht spukte, verstummte er, doch ihre Arme hielt er nach wie vor wie im Schraubstock. Sein Blick war zum Fürchten. Von seiner Wange lief zäh und langsam ihr Speichel. Sie ekelte sich und wandte sich ab. Sie hatte sich wieder in der Gewalt. Ihr Herz pochte nicht mehr so wild.

»Hurenbock«, zischte sie wie schon mehrmals an diesem Morgen, doch es klang inzwischen kraftloser. Sie merkte, wie er seinen Griff lockerte, und sank zusammen. Sie schaffte es gerade noch, sich auf den Küchenstuhl zu setzen. Dann begann sie zu weinen.

Sie hatte den ganzen Abend und die ganze Nacht in seiner Wohnung auf ihn gewartet. Als die Kerzen, die sie angezündet hatte, um es gemütlich zu machen, heruntergebrannt waren, war sie ins Bett gegangen. Auch da hatte sie gewartet, musste jedoch irgendwann eingeschlafen sein. Sie war von dem Geräusch des sich drehenden Schlüssels im Schloss wach geworden. Ein Blick auf den Wecker hatte ihr gezeigt, dass es bereits 6 Uhr durch war. Da Peter nicht ins Schlafzimmer kam, war sie aufgestanden. Sie hatte ihn im Badezimmer poltern hören, und dann wurde das Wasser angedreht. Nach einem Moment des Wartens hatte sie die Badezimmertür geräuschlos geöffnet. Er hatte unter der Dusche gestanden und sie nicht bemerkt, da er sein Gesicht gerade mit geschlossenen Augen in den Wasserstrahl hielt.

»Wo warst du?«, hatte sie laut und vernehmlich gesagt. Er war zusammengezuckt und hatte sie angeblafft: »Was machst du denn hier?«

»Ich habe auf dich gewartet«, hatte sie ruhig erwidert, woraufhin er mit einer deutlichen Schärfe im Ton gefragt hatte: »Wie bist du in meine Wohnung gekommen?«

Sie hatte mit den Schultern gezuckt und lapidar gemeint: »Ich habe einen Schlüssel.«

»Woher?«, hatte er wissen wollen und sie dabei aus seinen blauen Augen wütend fixiert.

Sie hatte ihn süffisant angelächelt und ebenso starr angesehen, während sie antwortete: »Ist doch egal. Wir heiraten. Da teilt man alles. Vor allem eine Wohnung«

Auf diese Antwort hin hatte er seinen Blick von ihr genommen, das Wasser abgedreht, war aus der Dusche gestiegen und hatte sich abgetrocknet. Die Stille zwischen ihnen war zum Schneiden gewesen. Gisela hatte nicht gewusst, wie sie diese unterbrechen sollte, dann hatte sie sein achtlos auf den Boden geschmissenes Hemd entdeckt, es aufgehoben und demonstrativ daran gerochen.

»Das stinkt«, hatte sie ihr Tun kommentiert und es ihm hingehalten. Peter hatte es nicht weiter beachtet, gleichgültig geantwortet: »Ich war in einer Kneipe«, und sich das Handtuch um seinen Körper geschlungen. Als er daraufhin aus dem Bad hatte gehen wollen, war sie ihm in den Weg getreten und hatte mit unterdrückter Wut gesagt: »Das stinkt nach Frau.«

»Gisela, ich bitte dich ..., lass mich vorbei. Und dann reden wir!«, hatte er mit einer Kälte in der Stimme gesagt, die sie nur noch mehr aufbrachte.

»Das stinkt nach Frau«, hatte sie deswegen wiederholt und hinzugesetzt: »Nach einer billigen Frau.«

Er hatte sie nur beiseitegeschoben und war an ihr vorbei in die Küche gegangen, wo er sich ein Glas Wasser einschenkte und es in einem Zug leerte.

»Hast du mir was zu sagen?«, hatte sie zu seinem Rücken gesagt und dabei den Ton kopiert, den ihre Mutter stets einsetzte, wenn sie wusste, dass Gisela etwas getan hatte, was sie nicht hätte tun sollen.

»Ja, hab ich«, hatte Peter, noch immer mit dem Rücken zu ihr gewandt, geantwortet. Er hatte sich auch nicht zu ihr umgedreht, als er weiterredete. Nachdem er verstummt war, hatte sie ihn beschimpft. Er hatte es stoisch über sich ergehen lassen. Dann hatte sie plötzlich das Glas in der Hand gehabt …

»Ich ruf dir ein Taxi, das dich nach Hause fährt«, hörte sie jetzt seine Stimme wie durch Watte.

Sie schüttelte den Kopf und sah zu ihm auf: »Nein, ich bleibe hier. Mein Platz ist an deiner Seite.«

»Ich denke nicht«, erwiderte Peter hart.

»Das kannst du nicht machen«, bat sie plötzlich verzweifelt.

»Ich muss. Es ist das Beste. Und wenn du ehrlich zu dir selbst bist, weißt du das auch.«

»Ist es wegen des Schlüssels? Es tut mir leid, ich hätte ihn nicht nachmachen lassen sollen. Ich habe gedacht …« Gisela brach ihren Satz ab und sah ihn bittend an.

Für eine Weile betrachtete Peter sie ebenfalls, dann stieß er sich von der Arbeitsplatte ab, an der er lehnte, und ging in den Flur zum Telefon. Sie hörte, wie er den Telefonhörer aufnahm. Er meinte es also wirklich ernst. Dann musste sie jetzt wohl ihren letzten Trumpf ausspielen, damit er endgültig begriff, wie sehr sie beide zusammengehörten.

»Ich bin schwanger«, rief sie in die Wohnung hinein und beobachtete befriedigt, wie Peter den Hörer langsam wieder auf die Gabel sinken ließ.

»Der Lohn der Freundschaft ist sie selbst. Wer sich mehr erhofft, versteht nicht, was wahre Freundschaft ist.«

(Ailred von Rievaulx)

EPILOG
SAMSTAG, 17. MÄRZ 1962,
NACHMITTAGS

Am liebsten hätte Johannes sich unter einen der großen, dichten Rhododendronbüsche gelegt, um nie wieder aufzustehen. Die immergrünen Gewächse standen
hier auf dem Ohlsdorfer Friedhof wie weise Beobach-
ter und wachten neben den Gräbern. Er stellte sich vor,
dass sie auch über ihn wachten. Trotzdem er, wie jetzt,
nur an ihnen vorüberging.

Er war froh, dass sie noch nicht blühten. Wenn es
erst im Mai soweit war, verwandelten sie den Friedhof
in eine faszinierend bunte Parklandschaft, die dafür
bekannt war, unzählige Spaziergänger anzulocken.
Jetzt, Mitte März, war hier nicht viel los. Er war nur
ein paar stillen Besuchern begegnet, die ihn aus trau-
rigen Augen gegrüßt hatten. Er hatte ebenso zurück-
gegrüßt.

Johannes löste seinen Blick von den Rhododendren und lenkte ihn auf die größere freie Fläche, die die Büsche umsäumten und an deren Rand er nun stehenblieb: die Gemeinschaftsgrabanlage für die Flutopfer. Heute vor einem Monat hatten die Toten, die hier bestattet waren, ihr Leben gelassen. So wie auch Anne.

Johannes hatte in den Tagen am Bodensee oft darüber nachgedacht, ob es anders gekommen wäre, wenn die Flut Hamburg nicht heimgesucht hätte. Er hatte keine Antwort darauf gefunden. Auch das war ein Grund, warum er wieder nach Hause gekommen war: Seine Schuld konnte man nicht einfach zurücklassen. Sie war wie der eigene Schatten mit einem verbunden und kam überall hin mit, wohin man auch ging. In der Fremde war es sogar noch schlimmer, denn dort war man allein mit seinen Qualen. Und so hatte er es gemacht wie schon als Kind und suchte Hilfe bei seinem Freund. Peter wusste noch nichts davon, aber gleich würde er kommen, und dann würde Johannes ihm alles erzählen. Er hatte ihn vorhin direkt vom Hamburger Hauptbahnhof angerufen, kaum, dass er aus dem Zug gestiegen war, und sich hier mit ihm verabredet. Peter sollte ihm helfen, seine Buße anzutreten. Natürlich hätte er auch allein zur Polizei gehen können, aber wozu? Mit Peter an seiner Seite wäre der Gang, der im Gefängnis enden würde, einfacher. Das hoffte er wenigstens.

Sand knirschte hinter ihm, und dann spürte Johannes auch schon eine Hand auf seiner Schulter. »Da bist du ja wieder, ich habe dich vermisst«, hörte er Peters vertraute Stimme. Er drehte sich ihm zu.

»Na ja, ich bin immerhin dein Trauzeuge, und ein bisschen was planen müssen wir wohl schon«, versuchte Johannes, die Situation aufzulockern, doch Peter blieb ernst: »Es wird keine Hochzeit geben.«

»Was, wieso? Hat Giselas Mutter es endlich geschafft, euch auseinanderzubringen?«, war Johannes ehrlich verblüfft.

»Nein, das hab ich ganz allein«, antwortete Peter und wirkte dabei nicht gerade glücklich.

»Erzähl«, forderte Johannes ihn auf und war froh, dass er seine schwere Beichte noch etwas aufschieben konnte.

»Dann lass uns dabei ein paar Schritte gehen«, schlug Peter vor, und Johannes nickte dazu.

Schon nach den ersten Sätzen von Peter verschlug es Johannes fast die Sprache: Peter berichtete ihm, dass Gisela einen Nervenzusammenbruch erlitten hatte und zurzeit in einer Hamburger Privatklinik psychologisch betreut wurde.

»Aber warum hast du dich denn von ihr getrennt?«, fragte Johannes betroffen.

»Ich habe sie nicht geliebt, und die Vorstellung, mein restliches Leben mit ihr zu verbringen, nur weil sie vor lauter Geld nicht weiß, wohin damit, ist mir plötzlich furchtbar vorgekommen. Aber etwas anderes hat den Ausschlag gegeben. Gisela hat Anne getötet.«

Johannes blieb abrupt stehen und starrte seinen Freund ungläubig an: »Das kann nicht sein. Denn … Peter, ich muss dir … ich muss dir etwas sagen. Hör mir bitte einfach zu, und danach tust du, was du tun musst.«

»Nein, ich möchte erst zu Ende erzählen.«

»Aber …«

»Johannes, bitte. Denkst du, mir fällt es leicht, darüber zu reden? Immerhin hat die Frau, die ich heiraten wollte, Anne auf dem Gewissen!«

Johannes verstummte, und Peter fuhr fort, während die beiden Freunde ihren Spaziergang wieder aufnahmen: »Gisela war eifersüchtig. Sie war auf jede Frau eifersüchtig, aber vor allem auf Anne. Ich war am Abend der Sturmflut bei Anne in der Laube. Zwei Mal. Das erste Mal, um ihr zuzureden, dich zu heiraten, und dann später noch einmal. Da war Anne aber nicht mehr in der Laube. Sie muss bereits im Bunker gewesen sein. Wie sie dorthin gekommen ist und warum, weiß ich bis heute nicht. Gisela war in dieser verfluchten Nacht auch in Wilhelmsburg unterwegs. Sie ist mir heimlich gefolgt, hat mich aber irgendwann aus den Augen verloren. Sie ist dann wohl herumgeirrt, denn so gut kennt sie sich ja in unserem Stadtteil nicht aus. Dabei ist sie auch am Bunker vorbeigekommen. Sie ist rein, um sich vor dem Sturm zu schützen. Ich hatte ihr von unserer Ecke dort drinnen erzählt und ihr aus Jux den Weg im Bunker dorthin beschrieben. Da ist sie hin und auf Anne gestoßen. Anne war nackt und in ihrem kranken Kopf hat Gisela gedacht, ich und Anne hätten dort … dort ein Stelldichein gehabt und ich sei schon wieder weg. Gisela ist durchgedreht und hat … hat die Wahrheit aus Anne herausgepresst. Anne hat versucht, ihr zu entkommen, es aber nur bis zum Eingang geschafft. Dort hat Gisela Annes Kopf in eine Pfütze gedrückt … Sie sagt, es sei im Wahn passiert. Ich weiß nicht, ob es stimmt. Inzwischen weiß ich, wie berechnend Gisela ist und kann mir gut vorstellen, dass sie davon ausgegangen ist, dass das schlimme Wetter ihre Tat vertuschen würde. Fast wäre es ja auch dazu gekommen …«

»Welche Wahrheit?«, unterbrach Johannes Peters Rede tonlos. Sein Mund war trocken, denn er ahnte bereits, was gleich kommen würde.

»Anne und ich hatten eine Affäre. Nicht lange, aber … Ich hab sie nicht mehr getroffen, als es mit Gisela ernst wurde …«, gab Peter zu und blickte zu Boden.

Johannes fühlte auf einen Schlag nichts mehr, nur noch eine unglaubliche Leere. Selbst das Schreien in seinem Kopf hörte in dieser Sekunde auf. Er wollte stöhnen, um sich schlagen, weglaufen. Am liebsten alles zusammen. Er tat nichts dergleichen. Stattdessen fragte er sachlich: »Und woher weißt du, dass Gisela Anne …? Gisela wird es dir ja nicht frei heraus erzählt haben.«

»Das stimmt. Es war der Ring. Ich hatte ihn im Bunker gefunden. Der Ring und ein unglaublicher Zufall«, antwortete Peter und murmelte mehr zu sich selbst als zu Johannes: »Seitdem glaube ich an Zufälle.« Der Kommissar hob wieder seinen Kopf und fuhr mit einigermaßen fester Stimme fort: »Du weißt ja, dass ich sowieso nicht recht daran geglaubt habe, dass Anne ein Opfer des Sturms gewesen ist und so habe ich angefangen zu ermitteln. Ehrlich gesagt, hatte ich dich in Verdacht und du kannst mir glauben, das hat mich fertiggemacht. Ich wollte mich volllaufen lassen und bin dann in die Kneipe bei den Lauben. Da habe ich Monika getroffen, die Haushaltshilfe von Giselas Eltern. Wir hatten uns immer schon gut verstanden, sie ist ein hübsches junges Ding. Wir haben uns etwas unterhalten und nach ein zwei Gläsern fing die Kleine plötzlich an zu weinen und schimpfte auf die Diekmanns, weil die sie rausgeschmissen hatten. Gisela hatte mir davon nicht erzählt, und es war neu für mich. Ich hab nach dem Grund gefragt, und Monika hat mir schluchzend erzählt, dass die Diekmanns sie beschuldigten, einen Ring, den Gisela zur Konfirmation bekommen hatte, geklaut zu haben. Monika hat mich beschworen, ihr zu glauben, dass sie weder den Ring noch sonst etwas anderes je an sich genommen hatte. Gisela hat unzählige Ringe, und ich kann mir die nicht alle merken. Sie haben mich ehrlicherweise auch nicht interessiert. Na ja, um es kurz zu machen: Ich hab Monika gefragt, wie der Ring aussehen soll, und ihre Beschreibung passte exakt auf den, den ich im Bunker gefunden habe. Trotzdem wollte ich es nicht glauben. Es war wie mir dir. Ich wollte euch beide nicht als Täter wissen und hab mich dann wirklich volllaufen lassen. Irgendwann am frühen Morgen bin ich dann nach Hause und dort war Gisela. Das hat bei mir das Fass zum Überlaufen bringen lassen, sie hat sich nämlich ohne mein Wissen einen Nachschlüssel von meiner Wohnung gemacht. Ich hab mich an diesem Morgen von ihr getrennt, allerdings ohne ihr zu sagen, dass ich von dem Ring wusste. Ich wollte mir erst noch sicher sein können und Monika den Ring zeigen, bevor ich Gisela mit ihrer vermutlichen Tat konfrontiere. Inzwischen weiß ich es alles, denn Gisela hatte keinen Grund mehr gesehen, es mir zu verschweigen. Sie hat rundheraus zugegeben, Anne getötet zu haben.«

»Einfach so?«, wunderte sich Johannes.

»Nein, sie wollte mir damit erklären, was sie alles für unser Glück tut. Das waren ihre Worte. Sie ist krank und natürlich war ich entsetzt, woraufhin sie diesen Nervenzusammenbruch hatte.«

»Und jetzt?«, fragte Johannes.

»Es wird dir nicht gefallen, aber es gibt kein ›und jetzt‹. Vor ihrem Geständnis hat Gisela mir gesagt, dass sie schwanger ist, und mein Kind soll nicht im Knast geboren werden.«

Es war ein Schock, dennoch verstand Johannes den Freund. Und obwohl er jetzt schon wusste, dass die Antwort ihn quälen würde, musste er noch eine Frage stellen: »Bist du der Vater von Annes Kind?«

Es herrschte ein kurzes Schweigen, bei dem die Männer beide auf den Weg vor ihnen blickten, dann sagte Peter: »Im Zweifel wirst du es sowieso erfahren, da deine Schwester es weiß. Sie hat den gleichen Frauenarzt wie Anne und versteht sich gut mit der Sprechzimmerdame. Die hat es ihr hinter vorgehaltener Hand ausgeplaudert, da Anne meinen Namen für ihre Arztakte angegeben hat, falls ihr etwas unter der Geburt passiert. Als sie das getan hat, hatte sie anscheinend noch nicht den Plan, Hamburg zu verlassen. Also ja, bin ich. Und ich möchte nicht noch ein Kind auf dem Gewissen haben, deswegen werde ich Gisela nicht anzeigen.«

Langsam, wie in Trance, drehte Johannes sich um und schritt den Weg zurück, den er gerade mit Peter gegangen war. Dieser folgte ihm nicht. Johannes blieb erst wieder stehen, als er an der Sammelgrabstelle angekommen war. Mitten auf der freien Fläche saß eine schwarze Katze mit weißen Pfoten und putzte sich. Er wusste aus der Zeitung, dass es auf dem Friedhof viele freilebende Katzen gab und die Verwaltung ihnen kaum Herr werden konnte. Die Katze sah zu ihm hin, was für ihn den Ausschlag gab, sein Schlüsselbund hervorzuziehen und den Verlobungsring davon abzunesteln. Er betrachtete ihn noch einen Augenblick und dann warf er ihn in Richtung der Katze. Diese reckte sich daraufhin gemächlich und stolzierte gelassen davon. Ihr Bauch war prall gefüllt. Sie war trächtig.

NACHWORT

Beim Entwickeln der Geschichte zu »Als die Flut kam«
hat mich vor allem die Vorstellung getrieben, dass gerade
während einer großen Katastrophe auch immer Verbrechen geschehen können, die im Zweifel aufgrund des
allgemeinen Chaos unentdeckt bleiben. Deswegen stehen in diesem Buch nicht die Ermittlungen im Vorder-
grund, sondern vielmehr das Anschwellen von persön-
lichen Gefühlen, die am Ende zu einer Tat wie sogar
Mord führen können, wenn die Gelegenheit günstig ist.

Die Sturmflut von 1962 habe ich als »Kulisse«
gewählt, da ich nicht nur Hamburgerin bin, sondern
vor allem das Glück hatte, auf einige Zeitzeugen zu
treffen, die mir erzählt haben, wie sie *Vincinette* erlebt
haben – manche davon auch hautnah. Ihnen gehört
mein besonderer Dank, da allein die Erinnerung an
die Sturmnacht noch immer das Entsetzen in ihnen
hochspült und sie dennoch bereit waren, mit mir über
sie zu reden.

Bei der Beschäftigung mit der Sturmflut von 1962 stellt sich fast schon zwangsläufig die Frage ein, wie es überhaupt zu einem solchen Ausmaß der Katastrophe in einer Metropolstadt wie Hamburg kommen konnte. Die Antwort ist so erschreckend wie einfach: Im Gegensatz zu anderen deutschen Großstädten besaß Hamburg 1962 keinen Katastrophenschutzplan. Noch in den 1930er Jahren war das sehr wohl der Fall – damals hatten die Nationalsozialisten eine zentralen Warndienst bei Sturmfluten in der Hamburger Innenbehörde eingerichtet. Kam es zu einer Sturmflutwarnung wie zum Beispiel 1936 für die sogenannte Mittagsflut, wurde diese neben notwendigen Maßnahmen jedoch ebenso für Wehrübungen missbraucht. Damit dies unter anderem nicht mehr möglich ist, ordnete die britische Militärverwaltung zur Zeit ihrer Besatzung von Hamburg nach dem 2. Weltkrieg die Zerschlagung der Innenbehörde an. Darein fiel ebenso die Dezentralisierung des Warndienstes bei Sturmflut, die auch 1962 noch Bestand hatte. Hinzu kamen die unzulänglichen Elbdeiche, deren Höhe grundsätzlich fünf Meter 80 betragen sollte, dies jedoch stellenweise nicht der Fall war, da sie sich über die Zeit gesetzt hatten. Kleintiere hatten ihre Gänge hineingegraben und ebenso waren die durch den Krieg hervorgerufenen Schäden nicht ausreichend ausgebessert worden. In Hinblick darauf, dass in Deutschland kein Gebiet so häufig von Naturkatastrophen getroffen worden war, wie die Nordseeküste, kann dies wohl schon als fahrlässig betrachtet werden.

Natürlich haben die Hamburger aus der Sturmflut von 1962 gelernt. Es wurden neue Hochschutzanlagen durch die Hamburger Baubehörde und die Behörde für Wirtschaft und Verkehr realisiert, wobei letztere für das Gebiet des Hamburger Hafens verantwortlich zeichnete. So entstand eine rund 100 Kilometer lange Hochwasserschutzlinie, an der dort, wo andere Gewässer sie kreuzen zudem zum Beispiel Sperr-, Sielbau- oder Schöpfwerke und auch Schiffsschleusen zum Schutz errichtet wurden. Darüber hinaus wurden die Deiche nicht nur befestigt, sondern auf eine Höhe von mindestens sieben Meter 20 über Normalnull aufgeschüttet. Glücklicherweise, denn die Sturmflut von 1976 kam mit einem Pegelstand von sechs Metern 45 daher und zeigte damit auch Laien, dass im Laufe der Jahre mit stetig steigenden Wasserständen zu rechnen ist. Heute beträgt die Deichhöhe unter Berücksichtigung des gestiegenen Meereswasserspiegels im Hamburger Raum bis zu über neun Metern und der Hochwasserschutz beziehungsweise das Warnsystem soll lückenlos und vor allem unter steter Beobachtung sein. Nun aber Schluss mit diesen harten Fakten, schließlich ist »Als die Flut kam« kein Sachbuch, sondern eine rein fiktive Erzählung.

LESEPROBE:
KATHRIN HANKE

DIE ENGELMACHERIN VON ST. PAULI

PROLOG
IRGENDWANN ZWISCHEN
1882 UND 1886

Von dem Geruch wurde ihr übel und sie musste sich stark zusammennehmen, damit es ihr nicht hochkam. Es war ein Gemisch aus Blut, Kot, Fruchtwasser, Schweiß und Tränen, das sein schweres Aroma an die kleine Kammer abgab und wie eine wabernde Dunstwolke über den Köpfen hing.

Den anderen beiden Frauen schien der Geruch nichts auszumachen und normalerweise war das bei ihr auch so. Sie war ganz anderes gewohnt, schließlich war sie ein Landkind. Hier in Bilshausen, der kleinen Ortschaft zwischen Göttingen und Osterode am Harz, lebten die meisten Menschen seit jeher von der Landwirtschaft. Es war ein hartes Leben und nicht immer hatten die Leute noch etwas von ihrer Ernte für den Verkauf auf den umliegenden Märkten übrig, sondern gerade eben nur genug, um ihre Familien zu ernähren. Dann gab es noch die Stroh- und Korbbinder. Das kleine Bilshausen, in dem jeder jeden kannte, war inzwischen über die Grenzen des Harzes hinaus bekannt für seine guten Flechtwaren. Genauso wie für seine Kanarienhähne – die kleinen gelben Singvögel wurden sogar hin und wieder bis nach Übersee verkauft. Dennoch reichte das eingenommene Geld oft nicht zum Leben und nicht wenige verließen notgedrungen ihren Heimatort. Sie zogen als Handelsleute oder wandernde Bauarbeiter herum, um ihren Unterhalt zu verdienen. Üppig war dieser allerdings nicht gerade und viele von denen, die extra in die Fremde hinausgegangen waren, lebten auch dort von der Hand in den Mund. Das bekam sie mit, wenn Ausgezogene im Winter zurück in den Ort kamen, um unter die warmen Decken ihrer verbliebenen Bilshausener Familien zu schlüpfen. In der Regel so lange, bis die ersten Schneeglöckchen hervorkamen und sie es wieder riskieren konnten, ihre Dienste in der Fremde anzubieten, ohne auf der Straße, deren Böschungen ihnen meist als Schlafplatz dienten zu erfrieren.

Sie war für keines dieser Leben geschaffen. Weder wollte sie in Bilshausen versauern, wo irgendwie alle miteinander verwandt zu sein schienen, noch ihre Zeit auf Wanderschaft verbringen. Sie wollte mehr und sie wusste, dass der Kuchen groß genug war und man es nur richtig anstellen musste, um sein Stück davon abzubekommen. Sie hatte das schon immer gewusst, dennoch war sie bis jetzt hiergeblieben und Hebamme geworden. Als wäre dieser letzte Gedanke das Stichwort gewesen, entließ das junge Mädchen, das mit gespreizten aufgestellten Beinen vor ihr lag, einen lauten, langgezogenen Schrei. Er klang so klagend und schmerz-erfüllt, dass es anderen das Blut in den Adern gefrieren lassen würde. Ihr jedoch nicht. Und das lag nicht allein daran, dass sie mit solchen Schreien und allem, was damit zusammenhing, ihr täglich Brot verdiente. Es berührte sie einfach nicht. Auch wenn sie bei Hausschlachtungen zusah und jeder sonst sich abwandte oder für einen Moment die Augen zukniff, wenn der Dorfmetzger mit einem gezielten Axtschlag zwischen die kleinen hässlichen Schweinsaugen das Tier von einer Sekunde auf die andere tötete oder zumindest betäubte, fühlte sie nichts. Keine Freude über das zukünftige Essen und kein Mitleid gegenüber dem Tier. Einfach nur nichts. Vielleicht war sie deswegen gut in ihrem Beruf. Sie scheute sich nicht vor Handgriffen aus Angst, sie könnten der Mutter oder dem Kind schaden, weil sie sie vielleicht falsch ausführte. Sie machte sie nicht falsch. Sie wandte einfach das an, was sie in dem Hebammenlehrbuch *Die Königl. Preuss. und Chur-Brandenb. Hoff-Wehe-Mutter*, wie dieser Schinken von Justine Siegemundin hieß, gesehen hatte. Das reich bebilderte Lehrbuch zu unnormalen Geburtslagen kam ihr sehr entgegen, da sie zwar lesen konnte, es ihr aber nicht unbedingt leichtfiel und sie es deswegen nicht gern mochte und möglichst nicht tat. So hatte sie sich während ihrer Lehrzeit ganz besonders die Bilder eingeprägt und führte sie im Falle eines Falles, wie zum Beispiel bei einer Steißlage, ohne lange darüber nachzudenken, aus. Und falls sie doch einmal etwas nicht richtig gemacht hatte, und das Kind oder gar die Mutter noch im Wochenbett starben, wer sollte ihr das nachweisen? Es gab genug andere Gründe, warum der Tod Neugeborene oder Wöchnerinnen ereilte und sie wusste, wie sie jeden aufkeimenden Verdacht von vorn herein von sich weisen konnte. Ihr Motto war einfach: Nie etwas zugeben, immer alles abstreiten und möglichst einen anderen Schuldigen nennen. Wenn alles nichts half auch ruhig Gott. Sie selbst war bereits Mitte 20, also nicht mehr jung und schon einige Jahre im Beruf, sodass die Leute ihr das glaubten. Hier in Bilshausen und den umliegenden Ortschaften, wo wie sie die meisten katholisch waren, kam sowieso in jedem fünften Satz das Wort »Gottes Wille« vor, warum sollte sie es dann nicht sagen? Sie war gern Katholikin und würde mit den wenigen Evangelen, die sie kannte, nicht tauschen wollen. Ihr Leben war so, wie es war, viel praktischer. Schon von klein auf hatte sie gelernt, dass sie ihre Sünden einfach beichten konnte, und Gott und alle Welt ihr verzieh, wenn sie dann im Gegenzug ein paar Gebete sprach. Nichts leichter als das. Während sie darüber nachdachte und leicht schmunzeln musste, schob sie ihre Hand mit geübtem Griff in den Unterleib der werdenden Mutter hinein, unterdessen ihre andere Hand mit leichtem Druck auf dem gewölbten Bauch der jungen Frau lag, die leise vor sich hin wimmerte. Sie zog ihre Hand wieder heraus und musste wegschauen, denn wieder wurde ihr übel. Diesmal von dem Anblick. Schnell griff sie nach dem bereitgelegten Tuch, wischte sich sauber und wandte sich ihrer Tasche zu.

Mit flauem Magen presste sie durch ihre Zähne hindurch: »Das Kind liegt quer. Ihr hättet mich eher rufen sollen. Es kann nicht von allein heraus, ich muss es holen.«

Sie blickte der Mutter des Mädchens in die Augen, um sich zu vergewissern, dass ihre Worte angekommen waren. Sie sah Vertrauen in ihnen und als ein leichtes Nicken folgte, holte sie eine Schlinge und einen Stock aus ihrer Tasche. In diesem Moment schwoll das Wimmern des Mädchens an und entlud sich ein weiteres Mal in einem langen Schrei.

Sie wollte warten, bis die Wehe wieder abgeebbt war, merkte jedoch, dass sie es nicht schaffen würde. Mit Schlinge und Stock in der Hand stürmte sie aus der stickigen Kammer direkt in die große Wohnküche, in der sich die Männer der Familie und einige Nachbarn eingefunden hatten. Sie hielt einen kurzen Augenblick inne, starrte in die fragenden Augen des Bauern und lief dann ohne ein Wort oder eine Geste an allen vorbei durch den angrenzenden Stall hinaus an die Luft, wo sie sich direkt neben der Tür erbrach. Sie kannte den wahren Grund und bald würden ihn auch alle anderen kennen, darum machte sie sich erst gar nicht die Mühe, ihr Erbrochenes zu beseitigen. Sie wischte sich den Mund mit ihrer Schürze ab, drückte den Rücken durch und ging hocherhobenen Hauptes am Vieh vorbei durch die Küche in die kleine Kammer zurück. Das Mädchen hatte aufgehört zu schreien. Es hatte die Augen geschlossen und seine Mutter fuhr ihm gerade mit einem feuchten Lappen über die Stirn. Ein Stich des Neids durchfuhr die Hebamme. Dieses junge

Mädchen hatte alles, was sie nicht hatte. Es war selbst jetzt mit seinen Schmerzen und den verschwitzten, strähnigen Haaren hübsch, es war jung, hatte liebende und vor allem vermögende Eltern und einen noch vermögenderen Ehemann, der in diesem Moment in der Küche auf seinen Stammhalter wartete. Das junge Paar war noch nicht lange verheiratet. Sie selbst war auf der Hochzeit gewesen, so wie fast ganz Bilshausen und darüber hinaus. Es war ein rauschendes Fest gewesen, denn hier hatten zwei große Höfe endlich durch ihre Kinder zusammengefunden und das hatten sich die Braut eltern etwas kosten lassen. Und heute, knapp zehn Monate später, sollte die nächste Generation geboren werden. Bei ihr selbst würde es erst in fünf Monaten so weit sein. Allerdings würde dann kein verliebter Ehemann in der Küche nervös mit den Fußspitzen wippen und darauf warten, dass sie sein Kind gebären würde. Es würde überhaupt niemand darauf warten. Im Gegenteil. Alle würden sich wünschen, dass es niemals zu diesem Bastard, der da gerade in ihrem Leib heranwuchs, gekommen wäre. Allen voran sie selbst. Ja, sie hatte ihren Spaß gehabt und nun musste sie die Suppe selbst und allein auslöffeln. Über den Kindsvater machte sie sich möglichst keine Gedanken. Es lohnte nicht. Er würde nie mehr werden, als der bloße Erzeuger dieses Balgs in ihr. Für ihre Pläne, einmal ein besseres Leben zu führen, würde sie sich jemand anderen suchen müssen. Eine weitere Wehe ließ das Mädchen schreien.

»Hilf ihr und hole mir meinen Enkel«, zog die Stimme

der besorgten Mutter ihre Aufmerksamkeit auf sich, als es wieder still im Raum war.

»Ich kann nichts versprechen, aber ich gebe mein Bestes«, erwiderte sie mit belegter Stimme. Sie hatte noch immer den Geschmack von Erbrochenem in ihrem Mund.

»Wenn alles gut geht, zahle ich dir das Doppelte«, versprach die Mutter und strich ihrer matt daliegenden Tochter ein weiteres Mal mit dem Lappen über die Stirn.

»Wir werden sehen«, sagte sie vage. Eigentlich hatte sie gerade beschlossen, einen von den beiden sterben zu lassen. Beim Baby würde es leichter sein, als bei dem Mädchen. Und unauffälliger. Aber jetzt lockte die Bäuerin sie mit Geld. Verdammt. Sie konnte jeden Pfennig mehr gut gebrauchen und es würde ihre Stimmung bestimmt langfristiger aufhellen, als diesen Menschen hier ein Stück von ihrem Glück zu nehmen. Andererseits: Je länger sie hier war, desto mehr haderte sie mit ihrem eigenen Schicksal und missgönnte den Bauern ihr von Üppigkeit gesegnetes Leben. Deswegen hatte sie bereits darüber nachgedacht einzugreifen und ein bisschen Göttlichkeit walten zu lassen. Gott selbst würde ihr verzeihen, sobald sie Buße tun würde. Sie wusste wie, ohne dass sie vorher dem Herrn Pfarrer beichten musste. Immerhin hatte sie schon häufiger Babys totgemacht. Nicht im Wochenbett, das heute wäre das erste Mal, sondern im Leib der Mutter während der Schwangerschaft. Auch an sich selbst hatte sie Hand angelegt – schließlich wusste sie, wie es ging und hatte niemanden um Hilfe bitten müssen, obgleich so eine Prozedur natürlich heikler war, wenn man sie allein durchführte. Vor zwei Wochen hatte sie es getan. Sie hatte nicht erst warten wollen, bis man es ihr ansah. Es hatte nicht geklappt. Wie sie es insgeheim bereits geahnt hatte, war es zu früh gewesen, und deswegen hatte sie mit dem Katheter, den sie sich eingeführt hatte, nicht die Fruchtblase erwischt. Dennoch hatte sie heftig geblutet und im ersten Moment angenommen, sie hätte einen Abgang. Schon am nächsten Tag hatte sie aber gewusst, dass sie sich getäuscht hatte. Und dann hatte sie sich gefügt, denn sosehr sie auch Gottes Namen für ihre Rechtfertigungen gegenüber anderen nannte, wenn es ihr nutzte, sosehr glaubte sie an ihn. Und er hatte offensichtlich nicht gewollt, dass dieses verdammte Kind in ihr starb. Sonst hätte er es geschehen lassen, ganz gleich ob der Katheter zu früh von ihr eingesetzt worden war oder nicht. Sie hatte es also kein weiteres Mal probiert. Sie würde den Bastard, der sich da in ihrem Leib nährte und breitmachte, gebären. Sie wusste, dass das nichts mit Vernunft zu tun hatte, aber sie glaubte, Gott damit gnädig zu stimmen – auch bereits im Voraus für das, was sie in Zukunft vielleicht noch alles tun würde. Wenn er ihr diese Last unbedingt auferlegen wollte, dann würde sie sie annehmen und eben das Beste daraus machen. Immerhin hätte sie mit dem Gör endlich einmal im Leben etwas nur für sich. Stets hatte sie teilen müssen. Als Kind mit ihren Geschwistern und jetzt, seitdem sie selbst Geld verdiente, sogar mit ihrer ganzen Familie. Ihr Vater war einer der Korbmacher, und von seinem Verdienst konnte man »weder leben noch sterben«, wie er es immer sagte. Sie würde den Bastard niemals lieben können, aber das störte sie nicht. Im Gegenteil würde es vieles leichter machen, zudem war sie sich sowieso nicht sicher, ob sie überhaupt zu einem Gefühl wie Liebe fähig war. Wenn die anderen Mädchen davon sprachen, hörte sie es sich an, konnte jedoch nichts damit anfangen. Es war genauso, wie mit dem Mitleid, das sie für nichts und niemanden empfinden konnte. Der einzige Mensch, der sie interessierte, war sie selbst.

Sie richtete ihren Blick auf das Mädchen vor ihr im Bett. Gleich würde es wieder unter dem Wehenschmerz schreien und klagen, und sie müsste dann endlich etwas tun. Sie hatte es eh schon zu lange hinausgezögert. Das Platzen der Fruchtblase war schon einige Zeit her und sie wollte nicht, dass ihr später doch noch etwas angehängt wurde. Unter Beobachtung der Mutter griff sie mit der einen Hand zur Bandschlinge und mit der anderen zu dem Stöckchen – beides hatte sie kurz beiseitegelegt, als sie wieder in die Kammer gekommen war. Dann führte sie das Stöckchen und die Hand, die die Bandschlinge hielt, in die Wöchnerin ein, übte gekonnt den gedoppelten Handgriff aus und drehte das Kind im Geburtskanal so, dass es keine 15 Sekunden später mit den Füßen zuerst geboren wurde. Es lebte. Genau wie die junge Mutter. Noch. Ob es so bleiben würde, lag nun tatsächlich bei Gott.

Als Elisabeth das Haus verließ, schaute sie nicht zu der

Ecke hin, wo sie sich gerade vorhin noch erbrochen hatte, sondern war ganz damit beschäftigt, die Münzen in ihrer Tasche zu befühlen während sie in sich hineinfeixte und darüber nachdachte, wofür so ein Kind doch alles gut war. Wie es wohl erst mit dem eigenen sein würde?